天外来客

恶毒的惩罚

花之谷

生死逃离

追梦蝶与阿黑弟

孵蛋的鸟人

救命驼队与疯狂蝶群

最美女人和最丑男人　　　　　　　　猴面包树和抢猫的猴子

蝴蝶王国

一场
追梦历险的
奇遇之旅

瑞娴 著

化学工业出版社

·北京·

内 容 简 介

　　这是一部具有哲学深意的长篇童话。童话中展现了一个非常辽阔的世界，文明古国中国在其中只是一个传说，而旖旎的异域风光和民族风情随着两只蝴蝶的旅程不停展现，各种奇异的动物、植物、风光在历险中层出不穷，时而其乐融融、美不胜收，时而深情款款令人陶醉，时而智慧幽默令人捧腹，时而天翻地覆惊心动魄……故事的内核饱含东方文化特有的韵味，充满了生命力、爆发力！

　　这篇童话不但讴歌了对梦想、自由的追求，还激励人勇敢无畏、永不言弃。生命有限，但追求无尽，只有不停追梦的人，才能保持永恒的激情。

图书在版编目（CIP）数据

蝴蝶王国：一场追梦历险的奇遇之旅 / 瑞娴著. —北京：化学工业出版社，2023.10
ISBN 978-7-122-44017-4

Ⅰ.①蝶… Ⅱ.①瑞… Ⅲ.①童话-中国-当代 Ⅳ.①I287.7

中国国家版本馆CIP数据核字（2023）第153151号

责任编辑：张素芳　刘建敏　　　　　封面设计：尹琳琳
责任校对：宋　玮　　　　　　　　　装帧设计：盟诺文化

出版发行：化学工业出版社
　　　　　（北京市东城区青年湖南街 13 号　邮政编码 100011）
印　　装：北京新华印刷有限公司
880mm×1230mm　1/32　印张 8 1/4　彩插 4　字数 134 千字
2024 年 5 月北京第 1 版第 1 次印刷

购书咨询：010-64518888　　　售后服务：010-64518899
网　　址：http://www.cip.com.cn

凡购买本书，如有缺损质量问题，本社销售中心负责调换。

定　　价：59.80 元

角色介绍

追梦蝶：（学名——玫瑰水晶眼蝶）

一只与众不同、敢于追求自由和梦想的小雌蝶，翅膀透明，能隐身，后翅上有一对眼睛图案和一抹玫瑰色。她一出生就沦为了邪恶女王蝶的奴隶，在慈母蝶的激励下，她勇敢率领众蝴蝶抗争，获得了自由的天空，并和骑士蝶一起开始了奇遇历险之旅。她去中国寻找梦想的蝴蝶王国，并为慈母蝶寻找哥哥老绿虫，历经坎坷却百折不挠，永不放弃。

骑士蝶：（学名——大蓝闪蝶）

一只侠肝义胆、有骑士风范的小雄蝶，飞起来如鸟儿般强悍，双翅能变换各种颜色，并能幻化出双彩虹。他出身高贵，遇事沉着冷静，是守护花之谷平安的司令官。他在追梦蝶遇险时出手相救，并护送她追梦历险，他曾被拇指猎人射中，被猫头鹰咬伤，为代追梦蝶受过，胸脯被刺进仙人掌……虽九死一生，仍无怨无悔。

慈母蝶：（学名——绿带翠凤蝶、森林绿皇后）

一只来自中国的蝴蝶，宽厚慈爱，知识渊博，是善良和爱、知识与智慧的化身，也是中华文明的传播大使。为寻找失散的哥哥老绿虫，她不幸落入了女王蝶的陷阱，她隐忍淡定，心明如镜，在小蝴蝶们心里播下了善良和爱的种子，并激发了她们追求自由和梦想的渴望。

女王蝶：（学名——猫头鹰蝶）

一只粗暴凶狠、阴谋篡位的雌蝶，翅膀像猫头鹰的脸。自称女王蝶，其实是猫蝶寨的一只泼妇蝶，常对家人大打出手，无情无义。她自卑又狂妄，胸无点墨却野心勃勃。她野蛮地统治了木槿山谷，强迫蝴蝶们为她服务。后来引起蝴蝶反抗，身份也被追梦蝶揭穿，惨败后变换各种方式，试图阻止、破坏追梦蝶的寻梦旅程。

斑点蝶：（学名——银豹蛱蝶）

追梦蝶的发小，一只外貌普通、内心怯懦的蝴蝶，与追梦蝶、慈母蝶同住在一棵木槿树上，受尽女王蝶欺凌，却一味退缩逃避，没有勇气追求自由和幸福，甚至出卖亲如姐妹的追梦蝶，最终失踪，下落不明。

菠萝蜜蝶：（学名——长尾麝凤蝶）

一种狠毒的蝴蝶，嗜好有毒的植物，自己体内也分泌致命的毒素，连天敌也不敢触碰它。她生得俏丽无比，善于甜言蜜语，很讨女王蝶的欢心，在蝴蝶谷挑拨离间，制造混乱。

阿憨：

拇指部落的猎人，黑色人种，只有拇指大小。他粗犷憨傻，忠心耿耿守护部落平安，却误将骑士蝶当做鸟儿射了下来，从而使整个部落不得不迁徙——因为他们还处在原始时期，行踪隐秘，与世隔绝，每当异类闯入，就要搬一次家。

阿黑弟：

阿憨的弟弟。他是个纯洁羞涩的聋哑人，笑容璀璨，心灵手巧，善于在果核上雕刻，内心藏着一个丰富美妙的世界。与其他拇指人比，他懂得审美，有艺术家潜质。即使以树叶遮体，也要用带香味的鲜花装点自己。他有梦想与渴望，却无法言说，内心绝世孤独。

猫头鹰：

女王蝶的化身，死亡山谷的主人，动物中的强盗。阴险狡诈，贪婪可怖，常在夜里出来打劫，却自称"夜行侠"，高喊"要想从此过，留下买路钱"，凡是经过他山谷的动物，都难逃他的魔掌。

长鼻子爷爷：

诙谐幽默的少数民族老人，有一只夸张的大红鼻子，热情好客，像个老顽童，住在以胖为美的沙漠村庄——海市蜃楼村，因为太瘦，被视为村里最丑的男人，却娶了村里最美的女人。

面包奶奶：

长鼻子爷爷的老伴，一位乐观豪爽又充满智慧的老奶奶，无论多糟糕的境遇都笑口常开，时时向生活感恩。因为太胖，被视为村里最美的女人。

胖哥：

长鼻子爷爷和面包奶奶的孙子，双胞胎中的哥哥，四五岁大，活泼机灵又充满正义感的小活宝，常和妹妹一唱一和，说话给大人听，用孩童特有的方式与坏人斗智斗勇。

胖妹：

双胞胎中的妹妹，天真可爱、一点就透的小人精。与哥哥形影不离，一唱一和，妙语连珠，令人捧腹。

母鸡老爷：

从外界搬到沙漠小村居住的胖男人，拥有一笔来路不明的财富，号称"沙漠首富"，在村人面前很有优越感，常炫富，取笑穷人。自私贪婪，爱拨弄是非，爱看笑话。因胖得像只老母鸡一样步履蹒跚，被戏称为"母鸡老爷"。

酋长：

海市蜃楼村的村长和法官，面包奶奶的发小，心地正直良善但耳根软，爱偏听偏信。因为瘦，被视为村里的第二丑，在众人面前十分威严，在面包奶奶面前却自惭形秽，为没娶到这位第一美而抱憾终生。

英俊旅人：

研究蝴蝶的生物学家，放大版的骑士蝶化身。他有着年轻人特有的浪漫激情，是理想主义的象征。为追踪研究蝶群，他随考察队骑着最原始的交通工具——骆驼奔波在沙漠中，搭救了因缺水而奄奄一息的两只小蝴蝶。

女作家：

性格孤僻敏感，因畏惧社会复杂而自我封闭，不愿与人打交道。她在书中创造了红纱女和老绿虫的形象，却因天天宅在家里写作而面色苍白，待人冷漠；当追梦蝶误入她的窗口，并向她讲述了自己的历险奇遇后，才意识到要改变自己，追求更大的梦想和更高尚的爱。

目　录

第一章　雌蝶山谷

1. 天外来客　　　　　　　/ 2

2. 邪恶的女王蝶　　　　　/ 13

3. 慈母蝶的歌声　　　　　/ 21

第二章　飞蛾扑火

1. 恶毒的惩罚　　　　　　/ 32

2. 群蝶的示威　　　　　　/ 41

3. 惊天真相　　　　　　　/ 53

4. 生死逃离　　　　　　　/ 67

第三章　伊甸乐园

1. 骑士蝶　　　　　　　　/ 78

2. 花之谷　　　　　　　　/ 87

3. 魔镜湖　　　　　　　　/ 97

第四章　拇指部落

1. 拇指猎人和阿黑弟　　　/ 106

2. 篝火神话　　　　　　　/ 114

3. 燃烧着太阳的果核　　　/ 123

第五章　雨林奇遇

1. 孵蛋的鸟人　　　　　　/ 130

2. 水晶兰与幽灵之花　　　/ 136

3. 趁火打劫的夜行侠　　　/ 146

第六章　海市蜃楼

1. 异族小镇　　　　　　　/ 154

2. 奇幻绿洲　　　　　　　/ 163

3. 神秘圣湖　　　　　　　/ 173

4. 最美女人和最丑男人　/ 179

第七章　斗智斗勇

1. 猴面包树和抢猫的
   猴子　　　　　　/ 188
2. 酋长的审判　　　/ 195
3. 智慧的一家人　　/ 206
4. 沙漠夜空的月亮　/ 214

第八章　沙漠历险

1. 历险再次开启　　　/ 220
2. 绝境中的奇迹　　　/ 227
3. 救命驼队与疯狂蝶群 / 235
4. 旋风怪兽　　　　　/ 241
5. 蝶国幻象　　　　　/ 247

尾声　　　　　　　/ 253

第一章

雌蝶山谷

1. 天外来客

凉凉的秋风从纱窗吹进来，吹得我的刘海和裙裾齐飞，就好像窗外有张吹气的小嘴巴，把人的每个毛孔都吹开了花。

我从电脑桌前站起来，拉开窗帘，像猫那样伸了个懒腰。夜空如海一般幽深，诱惑得我直想飞起来，扑进它的怀抱。有颗星星朝我挤眉弄眼，我也朝它耸了耸鼻子。

不知道为什么，我预感今夜有事情要发生。因为我的左眼皮跳个不停，按迷信的说法：左眼跳财，右眼跳灾。我天天宅在家写作，无财可发；但灾嘛，这样风平浪静的深夜发生的概率应该也不大。我倒是盼着能发生点啥呢，管它是福是祸。要不，世界该多么寂寞。

如果你说我是个坏坏的家伙，我也不否认。告诉你个秘密：作家都是些擅长无事生非的人，要不这世界哪有那么多离奇事可写呢？

以写作为生，苦啊！每天都这样熬到半夜，大脑累得一跳一跳的，直抽筋儿。那种惨无人道的累，罄竹难书。所以我的偶像不是人，而是猪。不用干活还有吃有喝，吃饱喝足了就抱着肚子呼噜噜睡个天昏地暗。爽！可是，到哪儿找那么舒适的猪圈呢？猪不干活迟早被人吃肉，人不干活就没肉吃。要实现做猪的梦想，好难啊！

我原先住在市中心，在高楼大厦的丛林里几乎看不见月亮，星星也寥寥可数。不能与自然对话，我的灵感快枯竭了，只好搬到城郊来，总算能在楼房的缝隙间，看到月亮和一小片深邃的星空了。可惜城郊的楼也是越建越密，越建越高，像一只只摞起来的鸟笼子，每只笼子里都关押着一个或几个焦躁不安的身影。

为了能看得更远些，我就搬到了最高的23层，这下，总算鹤立鸡群了，离云彩和小鸟也更近了些。可惜，再听不到地面的秋虫弹拨弦子的声音了，更看不到蚂蚁打架了。

人被钢筋水泥托到这个高度，已经不接地气了。就像自己的头，碰不到自己的脚；就像树梢触摸不到树根。人与自然，已经离得越来越远。我常常一个月不下楼，吃饭就叫外卖，像一棵弱不禁风的黄豆芽，因为不

见阳光而面色苍白，人也越变越冷漠了。

我才23岁，却感觉自己已经老了。

我像老年人那样捶打着酸痛的背，却突然发现从纱窗的破洞间，窸窸窣窣钻进一个什么生物。我吓了一跳，下意识地摸起一本书去扑，却扑了个空。那个小东西贴着我的耳朵飞到电脑前，晕头转向地盘旋了几圈，就摔在了桌面上。

原来是只蝴蝶，色彩并不艳丽，甚至有些灰头土脸，它在桌面上扑棱着，将一支铅笔弄得团团转，还差点儿将我的一小瓶香水给碰倒。我连忙用手捏住她那对不老实的翅膀，想把她扔到窗外去，却听见她嗡嗡地说话了：

"我被大风卷得晕头转向，稀里糊涂就飞到这里来了，难道我进入了黑洞，或者穿越时光隧道了吗？"

蝴蝶竟然会说话，还发出蜜蜂那样的嗡嗡声？我不由得汗毛乍起：这，不会是我写作累得出现幻觉了吧？

我用铅笔拨拉了它一下，它竟然又扑棱棱飞起来了，我这才看清：尽管这是只蝴蝶，却有着女孩的形体和面庞，圆鼓鼓的大眼睛和艳丽的小嘴巴，都清晰可辨，她的后翅翼上还有两只蓝眼睛的图案，看上去神秘又诡魅。莫非……这是只妖蝶？

她用细小的声音跟我说话，嗡嗡声像根针一样扎得我的耳朵生疼生疼。这是哪儿来的小祖宗啊，还没等我问呢，她却先开口了："这是哪儿呀，小姐？"

"北京。听说过吗？"

"当然听说过呀！中国，古老东方的一个文明古国；北京，是它金碧辉煌的首都。哇，这么说，我，一只微不足道的追梦蝶，竟然因祸得福，误飞到皇城根下来了？"她的声音中透着惊喜。

"不！这只是皇城根下的一个郊区。市里交通拥堵，上有飞机、无人机、滑翔机、降落伞、直升机，下有地铁、高铁、动车、汽车、摩托车、电动车……一只从外地甚至从国外来的蝴蝶，要进入市中心怕是有点儿难度，那里挤得连片树叶都快没地儿落啦！"对这个误闯入我领地的小侵入者，我心不在焉的口气中透着恫吓，今天的活儿还没干完呢，我可没空陪她闲聊。

"怎么会这样呢？"不知是因为太累还是我的话把她吓住了，她又跌倒在桌面上。这下她不扑腾了，看上去奄奄一息的样子，声音也微弱到几乎听不见："小姐，我渴了，能给点水喝吗？"

对这样一位天外小来客的请求，我就是再冷漠又怎么好拒绝呢？只好找只空的小香水瓶，涮一下，装上清水，搁到电脑桌上。

她用纤细的小爪子抱住瓶口，长长的吸管插进瓶子

里，哆哆嗦嗦地喝起来，像片枯叶似的。半天，水也不见少，这么个小东西，需要的也是微乎其微，可怜见的。

喝饱了，她又精神了。我正准备赶她走，好继续码字，谁知，她却蹲在瓶口很自然地跟我聊起来，说她来自一个脸上蒙着面纱额上点着朱砂红的国度，她要去的地方，本来是蝶之国，谁知，却被一阵飓风卷到这陌生的城市来了。

她说，她惧怕人群密集、车水马龙的地方，她向往的是人类未曾涉足的伊甸园。在那里，一切都自然而然，水到渠成，风光更是美不胜收。

"如今这样的伊甸园到哪儿找去？小东西，你飞到半空中瞧瞧，到处都是高楼大厦，车流人海，别傻了，你醒醒吧！"我揶揄道。

"有的，我飞过的地方都是这样的！我一直寻觅的蝶之国，更是人间仙境，世外桃源！"她急了，固执地反驳着。

"那快去寻找你的梦想王国吧，闯到人类的地盘来絮叨啥？人间到处都是喧嚣声，哪容得下一只想入非非的蝴蝶！"我对这个天真的小东西毫不客气，一针见血。

小蝴蝶一下子变怂了，可怜兮兮地说："我刚结束了跟飓风的博斗，好累啊！小姐，请给我一个小小的空间，让我歇一歇，等我补充够了能量再飞走，好吗？"

"人与蝶共处？快省省吧，小时工每天上午九点准时来打扫卫生，她不把你扫到簸箕里，倒在马桶里冲下去才怪呢。趁你还能扑腾两下，抖抖翅膀赶紧逃走吧！"我用本《格林童话》拍打着桌面，懒洋洋地说。

"我的奇幻小说每天都要在网上更新，可不能因为一只误闯进来的傻飞虫，影响了进度，掉了铁粉。"

"哇，你竟然是一位作家？那你为什么不收留我一晚，听我讲讲我的奇遇历险呢？放心，在小时工来打扫之前，我就会飞走的，我说话算数。说不定，我还会启发您的灵感，让您写出一篇惊世之作呢！"

"奇遇？历险？一只微不足道的蝴蝶能有啥奇遇？"

"请不要忽视一只卑微的蝴蝶，她的经历，可能是你们人类做梦也想不出来的呢。你们眼睛看到的，能和我们蝴蝶看到的一样吗？你们的脚走过的路，能和我们有翅膀的生灵飞过的一样吗？"

"那倒是。肯定不一样！"

"那么，您还不肯收留我吗，小姐？一晚，就一晚！"这只小蝴蝶锲而不舍地祈求着。她甚至飞到我的近视镜框上，殷勤地用小爪子为我拂去遮挡眼睛的刘海。

好吧，我终于被她打动了，无可奈何地说："书橱上有花，你就落在那上面歇息一晚吧！"

"不行，那是塑料花，我们蝴蝶只有在有生命的花

朵上歇息，才能真正补充能量呀。"这小东西还真精！

"那好，你就到飘窗上的花朵中休息吧！看，好多盆花呢：长寿花、雏菊、米兰、沙漠玫瑰、兰花……"

"有兰花？太好了，那可是开在我心上的花呀！"小蝴蝶惊喜地飞过去，落在一朵刚刚绽放的白兰花上，花朵立即有感应似的颤动起来，辉映着窗外的星空，这画面有些动人。

"白云轻轻地飘，

清泉潺潺地流，

连绵起伏的四明山，

兰花幽幽地愁……"

小蝴蝶竟然轻声哼唱了起来，眼眸中饱含着泪水，歌声忧伤凄婉。在她纤细的脖子上，一只晶莹剔透的白玉观音像有感应似的颤动着。

我奇怪地问："四明山在哪儿，你是从那里飞来的吗？"

她摇了摇头，泪珠滚落。她说："这是慈母蝶教我的一首民歌。四明山，正是在你们中国的南方呀，那里是慈母蝶的故乡，兰花开满了幽静的山谷。当我还在蛹中的时候，就恍恍惚惚地听慈母蝶唱起这首歌；当我摇摇摆摆展翅欲飞时，慈母蝶那令人遐想的歌声，为我打开了一片兰花的海洋。"

我问：“慈母蝶是谁？”

她回道：“这是只善良的老蝴蝶，是被女王蝶掠来侍奉她衣食住行的奴隶……”

“奴隶，在你们蝴蝶的国度里，竟然还有奴隶？”我大吃一惊！

“是啊，”小蝴蝶黯然地说，“凡是生在那里的蝴蝶，除了女王蝶，全都是奴隶！”

我顿时不寒而栗。原来在那些未知的领域，有着匪夷所思的命运。这一刻，我不由得关心起这只小蝴蝶的遭遇，暗暗庆幸自己不是一只弱小无助的蝴蝶，而是生而为人，并且生在一个和谐美丽的国度里。

我用小喷壶给她冲了冲翅膀上的灰尘污垢，她抖抖翅翼，立马精神起来。

我这才发现，她其实是一只很惊艳的蝴蝶呢。她的翅膀是透明的——这很少见，在月光和灯光的双重映照下，薄若蝉翼，脉络分明，看起来有一种梦幻感。更奇异的是，她后翅翼除了那两只蓝眼睛图案，还有一抹浪漫的玫瑰红，这是粉嫩少女特有的颜色，如果此刻她飞翔在明媚的阳光下，该是一幅何等赏心悦目的画面啊！

我问她是什么蝶？说实话，尽管我自以为走过万水千山，见多识广，却从没见过如此特别的蝴蝶。

她骄傲地回答：“玫瑰水晶眼蝶，也叫透翅蝶，红

晕绡眼蝶！"

怪不得！大学期间，我去热带雨林采风，就听蝴蝶专家说过，玫瑰水晶眼蝶是一种珍稀名贵的蝶类，是收藏家梦寐以求的品种，极为罕见，据说一只能卖到十几万元呢。刹那间，我闪过一个罪恶的念头，但很快就羞愧地否定了。尽管我时常梦想着赚一大笔钱到世界各地旅游，但面对着这样无辜的小精灵，如果有贪婪的想法，我怕会遭到雷劈。逝去的母亲曾告诫我：人多做善事才会有好运。

我磕磕巴巴地问应该怎么称呼她。"你可以称我追梦蝶呀！"她捧起脖子上的那只白玉观音，轻轻吻了一下，告诉我这是慈母蝶留给她的信物，因为她一直追求梦想，特立独行，又爱想入非非，所以慈母蝶称她为"追梦蝶"。

"追梦蝶——太棒了，我们每个人心里都有一个梦，但不是每个人都有勇气去追！"我由衷地说着，又往她的瓶中注入了一些清水，还加了滴蜂蜜。然后，我抱着双腿坐到那盆兰花前，将下巴搁在膝盖上，轻声说："小可爱，讲讲你的故事吧！这世上，真有一个蝶之国吗？它在哪里？"

"当然有！传说，它在天之涯地之角；也有的说，它就在你们古老中国一个叫云南的地方，只是具体位置谁也说不清楚！"她嘟着小嘴巴，苦恼地说，"我要找到它，可能还要经历更多磨难，就像你们的《西游记》中唐僧取经那样……"

"那这个王国有国王吗？是谁？"

"听说，那是一只活了几百年的老蝴蝶建立的，它在化蝶前，是一只住在北方桃树上的老虫子，大家都叫他老绿虫；与他共同建立王国的，还有一个长着红纱翅膀的精灵，叫红纱女——她是我们所有有翅生灵的偶像，也是你们人类传说中的救世英雄！"

什么？老绿虫，红纱女？我大惊失色。要知道，那都是我笔下塑造的形象，在我的《绿野红纱》那本书中，红纱女为拯救灾难中的生灵们，付出了生命的代价，而老绿虫在她肩上化成了茧，陪伴她的灵魂飞回了她的故乡——神秘渺远的高山王国……

可是，我只写到这里，至于红纱女是否复活，老绿虫是否破茧成蝶，连我自己都不知道，在这个世界上，如何又有了他们的新传说呢？

这到底是怎么回事？难道，他们竟然可以跳出我的作品，独立存在了吗？已飞往另一个世界的红纱女和老绿虫，又是如何回到地球建立蝴蝶王国的？这只小蝴蝶带来的消息，到底是真是假？

我急切地想弄清真相，小蝴蝶却瞪着无辜的眼睛，

一脸茫然，她说她也只是听慈母蝶讲过这对忘年交的故事。慈母蝶与老绿虫都来自古老中国，并且是血缘至亲。至于后来又发生了什么，她这个晚辈一无所知，只有等她找到蝶之国，才能彻底弄清真相。

"既然真相还藏在迷雾里，那就先讲讲你的奇遇吧！"我悻悻地说，虽然有些失落，但是能听听老绿虫的晚辈说说自己创作的角色的故事，也是件值得期待的事。我相信，他们之间一定有某种联系，并且在将来肯定还会发生一些故事。只是现在，一切还都是谜，找不到谜底。

"我好荣幸啊，能碰到你这样有心的听众！"这只小蝴蝶兴奋起来，"现在，已经很少有人能用心听别人的故事了。当然哦，也不是所有人都有这个运气，能听到一只蝴蝶的历险和传奇！就先从我的出生讲起吧！"

2.邪恶的女王蝶

　　我出生在木槿山谷，一个很美的地方，在你们人类看来，它应该是一个充满异域风情的世外桃源：有四季都像在做梦的山，玻璃一样游动着红鱼的河流；炫技般掠过的鸟儿，不是在比翅膀，就是在比歌声；繁星般闪烁的奇花异草，日夜发出醉人的香气，还经常有小动物被醉倒在路旁，不省人事。

　　那里最多的植物，是一种低矮的落叶灌木——木槿。那是一种特别的花卉，它朝开暮落，充满生生不息的生命力，所以又被称为朝开暮落花。山谷汇集了世上所有的木槿品种：大花木槿、牡丹木槿、斑叶木槿，玻璃重瓣木槿、紫色重瓣木槿、白花单瓣、重瓣木槿，长苞、短苞木槿……就是把嘴唇磨薄了也数不过来呀。

　　它们争奇斗艳，开得放肆而野蛮，不像你们城市的

花那么温文尔雅，循规蹈矩。它们的花朵硕大雍容，每天都花开满树，当天开当天落。而且，最奇异的是，每棵树每月都有三十种颜色轮番开落，绝不重样。所以，每天的花朵都是新的，并且能从春天一直开到冬季，前赴后继，不停不歇，从来没有开得累过，也从来没有开得厌倦过。

现在你该明白了吧，季节只是人间的概念，对我们山谷来说，四季并没有明确的界限。绽放伴随着凋零，死亡手挽着重生。

木槿山谷也叫雌蝶谷，那里是我们雌蝶的天下，犹如人间的女儿国，而雄蝶只是蜻蜓点水的风流过客。这里的蝴蝶小姐们都戴着面纱，眉心点着妩媚的朱砂红，或者贴着红花瓣。因为蝴蝶先祖们认为，眉心是所有生灵和神交流的地方，点上朱砂红就更容易接近神灵，祈求神灵的保佑。

当蝴蝶小姐变成年迈的蝴蝶大婶，就要包上头巾，像人类故事书中老婆婆的样子。看一只蝴蝶是少女还是老人，看看她是戴面纱还是头巾就知道了，一目了然。蝴蝶们都善良温驯，心地单纯，每天提着小篮子在花丛间飞来飞去，勤勤恳恳地唱歌采蜜，心无旁骛。

可惜这一切，在被一只野蛮的猫头鹰蝶侵入后就改变了。

那时，我还在混沌的蛹中，满耳婉转的鸟鸣声忽然被一阵歇斯底里的叫骂声打断了，随后就是皮鞭抽打的声音和蝴蝶小姐们凄惨的尖叫声，然后，我又沉沉地睡去醒来、醒来睡去。

半梦半醒之间，隐约传来一只老蝴蝶沧桑的歌声，如一缕光戳破了黑暗，投射进来。后来，我才知道那歌声是慈母蝶的：

"……春去秋来花儿落，

兰香消散兰叶瘦，

满山幽兰齐开口，

春光不要走！"

你一定猜到了，当我破茧成蝶的那一天，我就毫无悬念地成了那只猫头鹰蝶的奴隶。这是每只降生在木槿山谷的小蝴蝶的宿命，谁也逃脱不了。

这只猫头鹰蝶，谁也不知是从哪儿飞来的。据说，慈眉善目的老女王刚刚莫名其妙地死在王座上，这只猫头鹰蝶就像个影子般不约而至。她自称是女王的女儿，拥有至高无上的高贵血统，在外闯荡多年，如今回来继承王位，理所应当。老蝴蝶们想起，女王的确是有过这么个女儿的，因为与母亲脾性不和，已离家出走多年。女王每每说起这个女儿，都会恨铁不成钢地叹息："唉，这个不孝的女儿啊……"

　　猫头鹰蝶出示了女王戴过的面纱和头巾。她那不容置辩的神态，令正沉浸在悲伤中的蝴蝶们半信半疑，但她们已经没有机会质疑了。猫头鹰蝶仗着自己的铁腕手段，莫名其妙地统治了木槿山谷，成了雌蝶部落的首领。也许因为所有雌蝶都太文雅、太温驯了，她们一直生活在宁静和平的环境中，没有邪恶，没有阴谋，所以她们压根不懂得反抗。她们的善良成了懦弱，她们的宽容成了纵容。

　　继承了王位的猫头鹰蝶如鱼得水，恣意妄为，山谷里每天都回荡着她得意扬扬的笑声：呱呱呱，呱呱呱呱呱……她的翅膀是灰褐色的，全身无亮点，但在后翅上有一对眼睛的图案，它们闪着仇恨的光芒，仿佛要向全世界宣战。整个翅面酷似猫头鹰的脸，看起来凶神恶煞，令人不寒而栗。谁要是在日落后遇见她，魂儿也能吓掉一半，做梦也能被吓醒。

　　仗着这张邪恶的"脸"，猫头鹰蝶也吓退了不少天敌，能和她抗衡的对手慢慢都消失了。

　　怪不得人家说"善者慈眉，恶者凶光"呢，对比一下慈爱的慈母蝶，就知道这句话多准确了。

　　听慈母蝶说，这只野蛮的妖蝶很怪。她的嘴里每天都散发着一种味道，谁见了她都要被呛个趔趄。原来，她喜欢吃发酵到泛着泡沫的果实，那令人作呕的气味却让她着迷。她虽然是只蝴蝶，笑起来却像猫头鹰一样瘆人，尤其是夜半时分，她呱呱一笑，树上酣睡的鸟儿都会吓得跌落在地，或抖着翅翼纷纷逃走。大家都猜想猫头鹰蝶和猫头鹰可能是近亲，她的笑很不吉祥，会死人的。

我怀疑猫头鹰蝶根本不是什么女王后裔，虽然她们是同一种蝴蝶，但她举止粗俗，拿放大镜也找不出一点高贵的影子。然而，我不敢将疑虑告诉其他姐妹，只能暗藏心底。毕竟在蝶类中，也有些爱告密的小人，一旦被出卖，我将死无葬身之地。就像你们人类一样，趋炎附势、卖亲求荣的叛徒，存在于每一条你死我活的生物链中。

猫头鹰蝶性情狂躁，喜怒无常。她出语恶毒，骂起人来几天几夜都不重样，她灰褐色的眼珠鼓得就像一对瓷球，让人担心随时会滚出眼眶，把地面砸出坑来。戴着听诊器的蝴蝶大夫说，女王患的是甲亢，得了这病就会脾气暴躁，暴饮暴食。但我却怀疑她这是本性所致，要不就是蜂蜜蜂王浆吃多了，撑的。因为我偷偷翻过一本医学书，如果是甲亢的话，病人就会暴瘦，而女王肥胖得像只步履蹒跚的老母鸡，可惜不下蛋。

作为女王蝶的身边人，慈母蝶每日都得忍受着她的毒嘴巴和暴脾气。看着她无缘无故就大发雷霆，像疯子

似的上蹿下跳，慈母蝶只恨自己长着眼睛和耳朵。

这天，慈母蝶正在为她做蔬菜沙拉，却见她赤裸着胖"猪蹄"直冲过来，一把夺过慈母蝶手中的菜刀，咚咚地剁着空菜板，不停地叫骂着一个陌生的雄蝶名字，骂得唾沫横飞，两眼翻白，苍蝇一个劲地围着她的嘴巴嗡嗡乱转，连她头上的金王冠也差点掉下来。

这哪里像是女王，分明就是一个母夜叉啊，天知道她哪来那么多的仇恨！连我们采蜜的同行——蜜蜂们都说，他们山前山后都飞遍了，从没见过这样奇葩的泼妇。蜜蜂们可怜我们，在采蜜时会故意留出一片花地，让我们多采些，以免遭受女王蝶的责罚，而他们，为此得飞到更远的山谷去，为多采一点儿花蜜来回奔波。

沐浴在百花的天然香气中，女王蝶竟然还要天天往身上喷洒香水——不知从哪儿弄来的劣质香水，那直拱鼻子的怪味儿，熏得蝴蝶姑娘们不停地打喷嚏，而女王蝶竟然坐在富丽堂皇的大丽花上，嫌弃地用手帕捂住她那酒糟鼻子，娇滴滴地说："难道蝴蝶谷最近流行感冒吗？你们这帮野丫头，可别传染了我。金枝玉叶的女王，怎能忍受生病的痛苦呢！阿——嚏！"

有时候，女王蝶还坐在竹椅上装模作样地读书看报，跷着二郎腿，用大脚趾勾着高跟鞋，可是，她却把书拿反了。慈母蝶为她端来蜂蜜花瓣汤，好心提醒她，她顿时恼羞成怒，用大胖手指着慈母蝶喊："老东西，我认识字，但是字不认识我，咋的啦？你一个保姆竟敢嘲笑我，看我不把你那对老眼珠子抠出来喂麻雀！"

慈母蝶在伺候女王蝶时，不知受了多少莫名其妙的侮辱。要不是她性情温和，忍辱含悲，如何能日复一日地忍受女王蝶的野蛮毒辣，蛇蝎心肠？可她总是在擦干眼泪后，轻声对我们说："孩子们，别难过。忍辱负重，本就是祖上的教诲，是我作为一只中国蝴蝶的教养！除此之外，我心里还藏着一个秘密，我必须在有生之年去完成。除了忍，暂时无计可施，无路可退，但是你们不一样，你们还小，必须学会反抗！"

我深深地知道，举止端庄得体的慈母蝶之所以从中国飞来，在此沦落为奴，背后一定有着不为人知的遭遇和必须完成的使命。可是，如今她被困在这里，身份低贱，日日遭受着践踏，何年何月才能逃出去啊？

可能因为木槿山谷的蝴蝶们太过老实本分，女王蝶的气焰越来越嚣张。几乎每一只小蝴蝶，都遭受过她肆无忌惮的欺侮。令人恨铁不成钢的是，姐妹们习惯了逆来顺受，从来没有哪只蝴蝶敢于抗争过。

山谷里，整日弥漫着压抑绝望的气息。命令和服从，仿佛是蝴蝶们与生俱来的宿命，她们渐渐遗忘了曾经有过的自由和美好，越来越听天由命。所有蝴蝶都在

为女王蝶打工，特别是到了花开季节，姐妹们几乎成了采蜜的机器：百花蜜、龙眼蜜、荔枝蜜、槐花蜜……令人眼花缭乱，累得翅膀几乎都扑扇不动了，但只要能活下去，姐妹们就心满意足，从不敢有什么非分之想。

忙碌一天后，回到花树上美美睡一觉，对小蝴蝶们来说已经到了天堂。

女王蝶饱食终日，肥硕得几乎成了一个悲剧，还躺在花瓣里，颐指气使地诅咒这个痛骂那个，累得唾沫横飞，气喘如牛。骂人，是她宣泄的出口和最大的享受。她是花朵的克星，每朵花都怕她，一听她要飞临就战战兢兢，恨不得插上翅膀逃走。她那身累赘的肥肉，几乎把坐过的花都给压塌了，飞到哪朵花哪朵花就得倒霉，吓得抖成一团。

等她飞离时，整片花丛都会被糟蹋得一片狼藉，那些可怜的花儿，要萎靡好一阵子才能恢复精神，艰难地昂起头来。而花梗上的小蜗牛，早被她碾成一摊肉泥了。

小蝴蝶们在女王蝶的骂声中逐渐长大，日复一日地承受着她病态的折磨，不敢怒更不敢言。

3. 慈母蝶的歌声

　　私下里，慈母蝶是我们所有小蝴蝶的亲人和偶像。我们都明白：她的忍辱负重和我们的胆小怯懦不可同日而语，她不争一时的长短，只因还有未完成的使命。

　　据说，慈母蝶是在寻找某位失散亲人的漫漫旅途中，被捕蝶人捕获的。她只身飞离故乡中国，好歹挣脱了捕蝶人的罗网，却又被女王蝶掠来为奴。令人钦佩的是，她就像她的文明古国一样慈爱博大，从不怨天尤人。她学识渊博，深明大义，即使忍辱负重，她的每一条皱纹里也都含着淡淡的笑意。她将我们都当成自己的孩子来怜爱，我们私下里都偷偷地喊她"慈母蝶"。在每只小蝴蝶的记忆中，都有她的温柔软语，和她如泣如诉的歌声。

　　无论谁，在每次被女王蝶鞭挞羞辱之后，都会到慈

母蝶那里哭诉，寻求她母性的抚慰。这时，慈母蝶那治愈的歌声就会轻轻响起：

"春去秋来花儿落，

兰香消散兰叶瘦，

满山幽兰齐开口，

春光不要走！

春风依依轻回首，

隔着青山把话丢，

花败还有深根在，

一年不会都是秋！"

慈母蝶是一种绿带翠凤蝶，她老了，颜色黯淡。可是谁都能看得出来，她年轻时一定很美很美，她的端庄仪态，她翅膀上那墨绿色带金丝的横带纹，她言谈举止中透出的高贵气质，是粗陋的猫头鹰蝶无法比拟的。后来我们才知道，人类真的称绿带翠凤蝶为"皇后蝶""森林绿皇后"，她才应该是真正的女王蝶！

可是，这样高贵无双的蝴蝶，竟然沦为了一只野蛮妖蝶的保姆，这是阴差阳错，还是上帝恶意的捉弄和安排？每一只小蝴蝶，都为这不可思议的一切愤愤不平。然而，生而为奴，生而为弱小无助的昆虫，我们找谁讲理去？我们不认识上帝，上帝更不认识我们。

每当这时候，慈母蝶就柔声安慰说："孩子们，不要怨，也不要急。我们中国有两句古诗：'宝剑锋从磨砺出，梅花香自苦寒来。'要等待、忍耐，受尽磨难，方能苦尽甘来。我们蝴蝶是有翅膀的生灵，不会长久地匍匐在地，任人宰割。相信我的话，总有一天，你们会获得一片自由的天空！"

"为什么那一天还不到来呢？"我问。

"那是因为时机还不成熟啊，我的孩子！"

慈母蝶不怨不怒的温柔声音，激发了我对自由焦灼的渴望。我想，自由在我化为一只蛹之前，一定是拥有过的，只不过在漫长的休眠岁月里，将它遗忘了而已。

从此，我心里就萌生了一个追逐自由的梦想，我也因此被慈母蝶称为追梦蝶。那粒梦想的种子，是慈母蝶为我播下的。她让我坚信：活着的意义，就是为了自由和梦想赴汤蹈火。一只蝶，如果终生都没有为梦想燃烧过，不配为蝶！

我不知其他蝴蝶是否会这样想，也许，我是山谷里醒悟得最早的那只。其他的蝴蝶，都还在混沌的梦里，我却就已经成了叛逆——一只能独立思考的叛逆蝶。

在木槿山谷，我跟慈母蝶，还有一只斑点蝶最为亲近，我们住在同一棵木槿花树上，那是我们共同的家。其实，最早的时候，我住在玻璃重瓣木槿上，斑点蝶住在斑叶木槿上，为了能亲近慈母蝶，我们才栖落到了她

的牡丹木槿花树上，一起相依为命。

慈母蝶偏爱牡丹木槿，因为它绽放时雍容繁丽，像她故乡中国的牡丹花，富贵又吉祥。她说，中国人自古也喜爱木槿，称它为"花奴"。"鹿角解，蝉始鸣，半夏生，木槿荣"，这首古诗说的是：夏至时分，万物竞荣，阳气盛极而衰，鹿脱落了鹿角，雄蝉开始鼓翼鸣叫，半夏草在水中勃勃生长，这时，木槿花也就迎来了繁盛花期。

慈母蝶怎么懂那么多呢？我们都猜想她一定来历不凡。她说："唐代诗人李商隐的《槿花》诗曰'风露凄凄秋景繁，可怜荣落在朝昏。未央宫里三千女，但保红颜莫保恩。'诗中借木槿花之易落，比喻红颜的易老，有些伤感。"但在慈母蝶看来，木槿却是一种生性刚烈、不屈不挠的花儿，它有一颗强大的心，又充满韧力，尤其在困境时，它善于养精蓄锐，蓄势待发。"槿花不见夕，一日一回新。"它每一次的凋谢，都是为了下一次更绚烂的开放。风雨之后，木槿花迸发出的强大生命力，那花开满树迎风挺立的倔强，令人惊叹。

慈母蝶希望我俩也能像寄身的木槿花一样，勇敢无畏，历久弥香。她的每一句话，都在催促我们快快成长。

白天，我们一起飞离那棵繁花似锦的牡丹木槿树，到远处采蜜。大家都羡慕我透明的翅膀，夸赞我在花枝招展的蝶群中，是如此与众不同，个性凛然。我的透翅在阳光下熠熠生辉，翩翩起舞时，就像水一样起伏波动，周围的景色是什么颜色，翅膀就透出什么颜色。所以，我的美丽与周围的环境息息相关，它折射美，也透视丑。

嘴巴会说谎，但我的翅膀不会，它永远是诚实的。

当然，我的透翅最大的好处就是可以隐形，可以更灵活地躲避捕食者的攻击。面临生死之际，天赐的翅膀将给我增加逃生的机会、胜算的可能。它美丽又实用，这才是蝴蝶们私下里最艳羡的。

日落时，我们一起飞回牡丹木槿花树上。夜里，所有的木槿花都会闭合了睡觉，但我们发现，慈母蝶的这棵树却与众不同，因为它的花即使在黑暗中也会随时绽放，好像有灵性，我和斑点蝶最爱在花朵间追打嬉戏了！

斑点蝶是只银豹蛱蝶，她通身是枯黄的颜色，翅膀上有很多豹斑，乱糟糟的，就像人满脸长着雀斑一样。在蝶类中，她貌不惊人，甚至可以说有些丑，所以，她生来就有些自卑，见了谁都畏畏缩缩的。也许因为这个原因，慈母蝶对她格外怜爱，总是袒护着她。那些天生漂亮的蝴蝶个个自命不凡，斑点蝶跟她们玩不到一起，她们也不可能像我俩这样，成为相依为命的姐妹。

慈母蝶博大慈悲的母爱，如拂过木槿山谷的清风，

给我们带来温暖与光明。

　　月光下，慈母蝶讲述起她的故国和家乡，那自由的风，那被露水洗过的蓝天和清脆的鸟鸣，那仙气萦绕的山谷里散发着幽香的兰花，还有，那一对对花间翩飞着的"梁山伯与祝英台"……小蝴蝶们闻声都飞来了，我们一起听得如痴如醉。

　　慈母蝶说，"梁祝"的故事在中国妇孺皆知，它是凄婉动人的千古绝唱，被称为东方的"罗密欧与朱丽叶"——

　　在过去漫长的封建朝代里，中国女子地位卑贱，不能读书，不能随便出门，甚至连吃饭也不能和男人同坐一桌。在慈母蝶故乡的某座小城中，有位德高望重的祝员外，育有一小女名唤英台，视若掌上明珠。祝英台性格特立独行，藐视陈规陋俗。正当豆蔻年华，英姿飒爽的英台决心外出求学，这在当时是件大逆不道的事情，祝员外千般拦挡不住，也只好摇头叹息，任她而去。

　　为避人耳目，免生是非，祝英台只好女扮男装。求学途中，英台邂逅了英俊书生梁山伯，两人一见如故，在草桥亭上撮土为香，结为兄弟。从此，他们同窗共读，形影不离，"兄弟"情深似海。可惜同学三载，憨憨的山伯却始终不知英台是位女子。

　　学成分手之际，两人十八里相送，难舍难分。祝英台再三暗示自己是女儿身，梁山伯却始终挠着头不解其意。待他回到家中，方才明白过来。可惜，等这个傻书生带着大礼前去祝家求婚时，英台却已被父亲强行许配给了太守之子马文才。梁山伯被逐出门去，他隔着楼台与英台泪眼相望，相互立下誓言：生不能同衾，死也要同穴！

梁山伯怆然而别。回到家后，他积郁成疾，病入膏肓。临终前，他祈求双亲将他埋在祝英台出嫁必经的路旁。英台闻听噩耗，再也生无可恋。

出嫁那天，抬着新娘的花轿经过山伯墓时，突然狂风大作，再也无法前行半步。祝英台趁机跳下花轿，扑倒在梁山伯的墓前痛哭祭拜，突然电闪雷鸣，暴雨如泼，坟墓轰然裂开。祝英台见状，毫不犹豫地投入墓中。正当众人目瞪口呆之际，风停雨霁，彩虹高挂，只见墓中翩翩闪出一对彩蝶，双双往天边飞去……

月光下的木槿花丛中，小蝴蝶们围绕在慈母蝶四周，"梁祝"裂冢化蝶的故事，像磁石般吸引得我们遐思神往。也许，我们就是"梁祝"的后裔呀，那两只从坟墓里化蝶而去的精灵，就是我们忠贞无畏的先祖，他们飞离了故乡的土地，到处寻找着爱的天空！

可是，本是自由精灵的我们，为何如今又身陷囹圄，被邪恶的女王蝶捆住了翅膀？自由，为何如此可望

而不可即？同为彩蝶，为何善良的如此善良，邪恶的却如此邪恶？

慈母蝶听了，笑意盈盈地回答说："孩子们，这不奇怪啊，我们中国的老子先生在两千多年前就说过，万事万物都是有阴阳的啊。就像有黑就有白，有大就有小，有阳光就无法避免阴影，有好人就一定有坏人。世界只有在对比中才能存在，互为整体的啊！"

小蝴蝶们在月光中擎着腮，眨着长长的睫毛，似懂非懂。古老中国的哲学真是智慧如海，莫测高深。如果不是慈母蝶，我们永远听不到这样的真理，我们的每一天都将如万古长夜。慈母蝶，她是我们的恩人和精神的启蒙啊。

作为一只生在异域他乡的蝴蝶，梁祝的故事给予我的震撼，犹如洪亮的钟声袭击着浩渺的水面，激荡起一串串久久不散的涟漪。一对不能相依共处的恋人，义无反顾地投入坟墓化身为蝶，这刻骨铭心的浪漫，说明蝴蝶本就是自由和爱的化身，而不是山谷里被束缚压制的奴隶！

当小蝴蝶们散去时，当着斑点蝶的面，我向慈母蝶表白了心声：当我还在蛹里时，您的歌声就在我心里播下了一粒种子。请相信，这粒种子总有一天会发芽、开花、结果的。

慈母蝶微笑着点点头，看看我，又看看斑点蝶，一语双关地说："哪怕是一只卑微的昆虫，也该有自己的梦想。自由和爱，本是上苍赐予所有生命的礼物，与生俱来。追求它，是你们应有的权利，无论是上帝还是撒旦，都不能阻止！"

我将一只手按在胸脯上："慈母蝶，请您相信我，我不会白白浪费了作为一只蝶的生命！"

慈母蝶说："是的，我亲爱的孩子们，要记住：浪费上帝赐予的生命，就是罪过！"

慈母蝶的话如黄钟大吕，振聋发聩，激荡我心。

除了故乡的民间传说、风俗人情和神话寓言，慈母蝶还经常讲起他们伟大祖先的四大发明，惊人智慧，还有人们的勤劳勇敢、淳朴善良。在这弥漫着异香的山谷里，慈母蝶成了中华文化的传播大使。神秘的华夏文明，举世公认的礼仪之邦，那源远流长的一切令我们神往、陶醉不已，无论天上的飞鸟，还是水中的游鱼，都听呆了，不由自主地成了慈母蝶的学生。

有时，慈母蝶还会教我们唱越剧的"梁祝"，因为她的故乡正是越剧的发源地。我从没听过如此婉转凄美、百转千回的歌声。要是世间真有神仙，也会听醉的。可惜我们五音不全，那滑稽的歌声常常逗得慈母蝶哈哈大笑，也惹得其他小生灵们来看热闹。这时，木槿

山谷就变得其乐融融，这是我们难得的幸福时光。

慈母蝶的嗓音，连一贯自称空中歌者的云雀也甘拜下风，承认自己唱的歌没有慈母蝶的越剧好听。于是，各种鸟儿都纷纷飞来拜师学艺，空中到处回荡着他们南腔北调的歌声。慈母蝶乐得眼睛弯成了月亮，她说："这些调皮的鸟儿啊，把越剧唱成了歌剧。连他们叫我师父的声音，也像歌儿一样好听着哩！"

我暗暗发誓，总有一天要飞往慈母蝶的国度，去膜拜那恍若前世拥抱过的世界，在那片裂冢化蝶的故土，我将浴火重生。

第二章

飞蛾扑火

1. 恶毒的惩罚

从女王蝶对斑点蝶进行了侮辱性的惩罚，并打残了慈母蝶之后，我就无时无刻不在筹划着带她们逃走。

斑点蝶沉默寡言，生性怯懦。她像一只鸵鸟，遇到危险时恨不得将头藏进屁股里。慈母蝶曾语重心长地告诫她："要勇敢。"她却嗫嚅着说："我、我还小呢，勇敢，是长大之后的事吧！"

慈母蝶爱抚着她："勇敢和年龄无关啊，我的孩子。只要信心在，希望就在。你看看追梦蝶，她也和你一样的年纪啊！"

一提起我，斑点蝶就不吭声了。我知道她心里并不服气我，甚至嫉妒我。有时候，我俩会为一点小事赌气，几天几夜谁也不理谁，也不知是她太小气了，还是我太倔强了。反正，我俩既亲如姐妹，又像被一道看不见的墙隔在两边，连慈母蝶的爱也无法穿越。

这时，慈母蝶就会拥着我俩，讲起那个透翅蝶的传说：相传很久以前，在一个美丽的山谷里，住着一群通体透明的蝴蝶，它们过着简单而快乐的生活，能彼此看透内心；她们相亲相爱，没有任何的怀疑和猜忌。

后来，一名魔法师的到来改变了这一切。他告诉蝴蝶们，这世界到处都是阴谋和陷阱，如果不懂得隐藏自己的心思，就会上当受骗，后患无穷。看蝴蝶们半信半疑，魔法师急得捶胸顿足。他喋喋不休地讲了很多"透明"的害处，恨不得用布将她们透明的心罩起来。

见自己的提醒毫无成效，伤心的魔法师要走了，可是他仍然不死心。在离开山谷前，他决定再试一次。他从贴身的口袋里掏出一瓶魔法药水，说这药水能帮助她们把心事隐藏起来，从此不受伤害。

好奇的蝴蝶们犹豫了好多天，终于还是禁不住好奇，相继喝下了药水。于是，就像魔法师说的那样，她们变得不再透明，再也看不清对方内心隐藏着什么，是善是恶，是悲是喜。

多年后，垂垂老矣的魔法师又回到了那个山谷，他发现这里已经没有透明的蝴蝶了，原本单纯美好的世界也不复存在。大家互相提防，彼此充满敌意，谣言、猜忌和陷害充斥着整个山谷，蝴蝶们终日惶惶不安，不知

明天等待自己的将是什么，对她们来说，每活一天都是折磨和灾难……

魔法师这才明白自己铸成了大错，追悔莫及。可是，他倾尽了平生法力，却再也无法使蝴蝶们恢复原有的透明与纯真了。他只用一小瓶药水，就摧毁了一个伊甸园……

听了这个令人伤心的故事，斑点蝶沉默半天，小声地问："慈母蝶，您老人家想说什么？"

慈母蝶意味深长地说："孩子啊，我想告诉你俩的是，以后，不管谁遇到了通体透明的蝴蝶，一定要珍惜她，因为她可能是世上仅存的没喝魔法药水的蝴蝶了，她还保留着当初那颗心灵——那颗单纯美好的心灵，它比宝石还要珍贵……"

说着，慈母蝶就将我和斑点蝶的翅膀拉到一起，直到看着我俩相视一笑才如释重负。她用温暖的翅膀将我们拢在怀里，又唱起那首故乡的歌谣：

"白云轻轻地飘，

清泉潺潺地流，

连绵起伏的四明山，

兰花幽幽地愁……"

这天，斑点蝶终于大难临头了。女王蝶嫌她采的蜜太少，将蜂蜜抹在她的脸上，当着山谷里所有蝴蝶的面羞辱她。斑点蝶吓得抖成一团，却依旧一声不敢吭。连躲在洞穴里的鼹鼠、田鼠和蚂蚁都看不下去了，纷纷朝女王蝶头上扬沙子，然后逃回洞穴将洞口封住。

女王蝶气急败坏，她将头巾摘下来抖沙子，却意外抖出了掩藏的秘密，大家这才发现她头上有几个癞疤，丑陋不堪，散发着臭气，怪不得她要用刺鼻的香水掩盖呢！生灵们都忍不住发出了哄笑声，鼹鼠的长牙齿都笑得呲出来了。

女王蝶恼羞成怒，扭动着笨拙的身躯四处搜寻武器。斑点蝶预感不妙，忙跪下来哭喊着求饶。女王蝶找来一根香，点燃了去烙她的翅膀，将那些斑点烙成了洞洞，斑点蝶疼得一个劲地发抖。

女王蝶边折磨她边骂着："你不是斑点蝶吗？你个丑东西，又脏又懒惰，我看你身上的斑点还是太少了，我要让你全身都是斑点，就像人类生天花那样！"

我再也无法遏制自己的愤怒，冲上去想保护斑点蝶，却被慈母蝶一把拉住了，她的手心里全是汗。

这位善良的老人家挺身向前。她以为自己是女王蝶的身边人，为斑点蝶求情，女王蝶一定会给面子。没想到女王蝶二话不说，一巴掌就将她扇倒在地。我冲上来想将她拉起，女王蝶更加气急败坏，用尖利的高跟鞋朝慈母蝶一顿猛踹。我不能再忍了，我豁出性命

也要保护她！

我冲着姐妹们大喊："难道，你们忍心眼看着慈母蝶被活活打死吗？"逆来顺受的小蝴蝶们第一次爆发了，她们跟着我涌过来，纷纷用身躯替慈母蝶抵挡女王蝶的狂风骤雨。女王蝶猝不及防，声嘶力竭地喊着："怎么，你们这些卑贱的小奴隶，难道想造反吗？"

我扒下女王蝶行凶的高跟鞋，远远地抛了出去。然后，不顾一切地背起慈母蝶，腾空而起。谁也没想到我的力量如此之大，飞起来的一瞬，我听见下面一片惊呼声，夹杂着女王蝶的咒骂声。这时候的我，肯定不像一只娇弱的蝴蝶，而像一只勇猛的老鹰，我被愤怒点燃的气势，足以打败所有的敌人！

当我驮着伤痕累累的慈母蝶落到那棵牡丹木槿花树上时，她痛得浑身颤抖，从湿润的花瓣上滚了下去，跌落到软绵绵的雏菊花丛中。我和斑点蝶忙扑过来，合力将她抬进一朵黄色的雏菊花里。

小蝴蝶们随后也飞过来了。我们发现，慈母蝶的一条腿已经被打瘸了，眼睛也被打瞎了一只。可怜苍老的慈母蝶，从此变成了残废。对天天侍奉她的老人家，女王蝶都能如此翻脸无情，你可以想象，她究竟有多毒辣了！

看着慈母蝶在花蕊里沉沉睡去，残破的翅膀仍然疼得一抖一抖的。我和姐妹们相依相偎着，泪珠一滴滴滚落在泥土里。

因为头上癞疤的暴露，女王蝶下了一道没天理的命令，令所有老蝴蝶都将头巾摘下来，小蝴蝶则将面纱摘下来，这样谁的头和脸有缺陷，都可以像她那样暴露无遗了。要知道，木槿山谷的雌蝶们世代都是这样的装扮，强迫大家去改变，实在太恶毒，姐妹们冒死抗拒。

于是，女王蝶收买了黄蜂寨的寨主，叫嚣着谁敢不执行命令，大黄蜂们就会成群结队地飞来，将蝴蝶姑娘们那如花似玉的脸蜇成蜂窝。

蝴蝶们只好委曲求全，婶婶们摘下了头巾，姑娘们摘下了面纱，将头皮和鲜嫩嫩的脸蛋暴露在炙烤的阳光下，这对于木槿山谷的雌蝶们来说，是开天辟地第一次。我们眉心的朱砂红，红得更加惊心动魄。

然而，令女王蝶大失所望的是，蝴蝶们不但没有她那样的癞疮疤，还将张张脸蛋儿晒得白里透红，裸露在明媚的阳光下，一个比一个美；飞翔在花丛中，像天天在举行选美大赛。

女王蝶羡慕嫉妒恨，她气急败坏地号令：把摘下来的装扮重新戴上去！可是，蝴蝶们已经充分享受了自由的风和阳光，享受了鼻子和嘴唇裸露在空气中的美妙，再也不肯将那些累赘戴回去，便开始集体对抗女王蝶，并选出我前去交涉。

　　我的伶牙俐齿没有辜负姐妹们。在女王蝶的宫殿前，我慷慨激昂，义正词严："自古以来，女王的话就是法律，不能朝令夕改，出尔反尔！否则大家便再也不可能像往日那样言听计从了，请女王收回成命！"

　　女王蝶气得团团转，嘴巴差点儿歪到了耳朵上。这下，她也无计可施了。

　　这是小蝴蝶们第二次抗争的胜利。从此，我便开始在一次次小小的抗争中，悄悄寻找着女王蝶的破绽和软肋，总结着经验和教训，梦想着有一天能带姐妹们冲破她的天罗地网，逃离这片失去自由的山谷。

　　慈母蝶被打残后，我去采药，斑点蝶守着她束手无策，只会嘤嘤地哭。小蝴蝶们悄悄前来探望，又悄悄离开，仿佛一下子被抽去了灵魂。

　　慈母蝶用尽可能发出的微弱声音安慰着："孩子们，别伤心，天不会因为谁塌下来。当最坏的事情发生，一切都坏得不能再坏时，就要发生逆转了。我们中国有句老话：物极必反，否极泰来。相信我，黎明前总是最黑暗，好运也许就要到来了！"

　　女王蝶换了一只年轻又巧嘴的蝴蝶——长尾麝凤蝶侍奉她，那是一种很毒的黑色蝶，不但食用有毒的植物，自己体内也含有致命的毒素，连鸟类等天敌也不敢轻易招惹她。她生得俏丽无比，又善于甜言蜜语，搬弄是非，大家私下都叫她"菠萝蜜蝶"。她和女王蝶臭味相投，挖空心思讨她的欢心。按古老中国的一句老话说，这应该就是"物以类聚，人以群分"了吧！

自从女王蝶身边有了菠萝蜜蝶后，我们的日子就更难熬了。她们俩狼狈为奸，每天的乐趣就是变着法儿戏耍、折磨我们。我们越痛苦，她们就越欢乐。

我发现慈母蝶茶饭不思，日渐沉默，以为她是担心自己老弱病残无人照应，就承诺要和斑点蝶一起给她养老。慈母蝶摇了摇头，闭着的眼睛中滚出泪珠。这时我才发现，她的"吸管"也被女王蝶打断了，根本没法再进食！她一直强颜欢笑，欣然接受大家送来的食物，一定是怕我们难过。而粗心的我们，竟然没发现这个残忍的秘密！

我恨得咬牙切齿，有两个字像小爆竹在心底反复炸响：报仇，报仇，报仇！

可是，慈母蝶仿佛知晓我的心事，她用翅膀颤巍巍地抚摸着我，用几乎听不见的声音缓缓地说："孩子，我已经老了，即使女王蝶不打死我，我也迟早会有这一天的。不要管我，逃出去，带着斑点蝶逃出去。自由和爱，才是这个世界上最珍贵的礼物！只有逃出去，才会有明天。"

慈母蝶说这话时，斑点蝶就在一边，可是慈母蝶

的声音很小，她不一定能听见。我想起慈母蝶曾经告诫的话：蝶心莫测，任何时候都要谨言慎行，在计划未实施前，不要轻易透露消息。否则，便可能功亏一篑。切记，切记！

我紧紧挽住了慈母蝶战栗的翅膀，如同握住了一个誓言，一个秘密。

2. 群蝶的示威

因为没有营养的摄入，我们只能眼睁睁地看着慈母蝶日渐消瘦下去。可恨的是，这天女王蝶突然又心血来潮，派那只巧舌如簧的菠萝蜜蝶前来下令，让慈母蝶速去为她制作奶油草莓蛋糕。看菠萝蜜蝶那趾高气扬的样子，好像自己是第二个主人，我的火药桶差点儿又炸了！

菠萝蜜蝶取代了慈母蝶的工作，十分得意。无疑，她将侍奉女王蝶视为一种荣耀，对我们说起话来夹枪带棒的。恶毒的家伙无论走到哪里，都要制造事端，连仇恨都是株连九族的。她那挑衅的神情仿佛在说：等着瞧吧，有我和女王蝶强强联合，你们就等着"享福"吧！

她那狗仗人势的样子使我差点儿吐了，为了不给慈母蝶招灾惹祸，我只好忍下这口恶气，暗暗琢磨着对付她的招儿。

　　慈母蝶无疑又看出了端倪。她深知我性情刚烈，一不小心就会引发一场战争，慌忙挂着我为她采的节节草拐棍，跟着菠萝蜜蝶飞走了。我一把没有拉住她，只好仰头望着她颤巍巍的身影远去，生怕她再也飞不回了。

　　菠萝蜜蝶飞起来像她的主人一样剽悍。她的翅膀是冷酷的黑色，身体和后翅上的斑纹却是充满侵略性的红色。她的尾翼长长的，在风中平添了几分傲慢和妖冶。我做了一个弯弓搭箭的姿势，如果我手中有一支箭，一定会毫不犹豫地将她射下来！

　　慈母蝶几乎是爬着回来的，她抖抖索索，翅膀上还沾着白色的奶油。她瘪瘪的嘴巴已经说不出完整的话，只会含混地喊着：饿，饿，饿！可怜她给女王蝶做好吃好喝的，自己却什么也吃不成。恶毒的女王蝶一定是用这种方式，故意来折磨她！

　　我慌忙用金盏花瓣为她盛来几滴水，可是没有"吸管"，她连一滴水也喝不进去。

　　就这样，慈母蝶的生命很快便像花瓣一样枯萎了！

　　在告别这个世界之前，慈母蝶挣扎着，郑重托付我一件事情，那是她深藏半生的秘密：

　　原来，慈母蝶曾经有一个哥哥。童年时候，他们无忧无虑地生活在中国的四明山上，那里是越剧的故乡，兰文化的发源地。江南烟雨中，他们一起摇头晃脑地诵读古老的《诗经》和《道德经》；淘气时，一起被戴着老花镜的先生用戒尺打手掌，一起唱吟那首萦绕着淡淡忧伤的民谣：

"白云轻轻地飘，

清泉潺潺地流，

连绵起伏的四明山，

兰花幽幽地愁……"

长大后，兄妹俩都成了远近闻名的学者。只不过人各有志，妹妹留守故乡的山水间，哥哥则四方游历，广交朋友，离烟雨江南越来越远。

后来，哥哥飞到了北方的山里，在山坡上一棵活了八百年的老桃树上定居下来。哥哥老了，妹妹也老了，几度轮回后都变成了虫，一南一北天涯相隔。妹妹在故乡守着诗书和童年的戒尺教书授徒，而哥哥也在北方成了赫赫有名的森林百科全书，在那片山野备受尊重，人们称他为"老绿虫"。

有一天，一位来自高山王国的红纱精灵，偶然降落在那棵桃树上，她留恋那一树桃花，就此住了下来。这一老一少谁也看不惯谁，天天为争地盘吵吵闹闹，吵完后却又像祖孙俩那样相依为命，谁也离不开谁。

再后来，由于人类疯狂地索取糟蹋，破坏了自然的和谐平衡，导致北方山林发生了一次惊天动地的劫难。

这一切，都没有逃过祖先那个古老的预言。天地洪荒中，拥有超能力的红纱女用她的翅膀拯救了人类，却牺牲了自己，只留下永生不灭的灵魂随风飘荡，而心疼她的老绿虫则在她肩头做了茧，陪伴她的灵魂飞回了她天上的故乡——神秘渺远的高山王国……

等过路的蝴蝶捎来这个消息时，慈母蝶已重新蜕变为蝶。她不相信她的哥哥老绿虫已经死了，既然他做了茧，就一定能化蝶，不管他在哪里。尽管他们已经几生几世天涯相隔，可是源于血缘的爱，使她无法割舍对哥哥的牵念。作为他一母同胞的亲人，她必须找到他，知道他的结局。

"活要见人，死要见尸。"这是他们古老王国的信仰，无论人类还是其他生灵，都对亲人恪守着这个永恒不变的承诺。再卑微渺小的生命，也要受到尊重；是生是死，在自己种族的历史上都要有所记载，这是祖辈相传的规矩甚至律令，谁也不能更改，蝶界也是如此。他们都相信，蝴蝶死后翅膀必须埋葬在故乡，才能有机会重生。

于是，她就遣散了自己的学生，带着一身兰香飞离了世代生息的四明山，开始了锲而不舍漫无边际的寻找，不知不觉中竟飞到了异国他乡。不幸的是，她落入了捕蝶人的罗网，差点儿被制成标本，几经生死挣脱后，又沦落为了女王蝶的奴隶……

我听完后忍不住泪如雨下。如果慈母蝶的亲哥哥老绿虫还在世，听说了妹妹的遭遇，该如何地痛彻心扉？

慈母蝶为我拭去泪水，眼睛眨也不眨地望着我："梦蝶，不要伤心，我、我还有要事相托……"

我明白，慈母蝶这是要交代后事了，呼吸不由得急促起来。她的每一句话，都将是沉沉的嘱托，我——一只从未飞出过山谷的小蝴蝶，必须要背负起这个使命，责无旁贷，舍我其谁！

我跪下来，重重地点了点头，慈母蝶拉住我的手："孩子，如果你能飞出这片山谷，一定代我找到我的哥哥，我们是彼此唯一的亲人了！如果他还活着，就告诉他在这里发生的一切，祈求他和无所不能的红纱女，能够救可怜的蝴蝶们于水火；如果他已经死了，就请代我将他的翅膀带回故乡，找一处山清水秀的福地，将他深深地埋葬。别忘了，在碑上刻上他的姓氏名字……"

这时，我才知道慈母蝶的真实名字叫婵英，而她的哥哥老绿虫名叫皓夫子，兄妹俩的名字都取自古老的《诗经》。我紧紧抱住慈母蝶说："不！让我们一起逃走吧，我背着您飞！"

慈母蝶凄然地摇摇头："孩子，我要死了，飞不动了……"

"不！您不能死，您不是鼓励我，要追寻爱和自由吗？如果您撒手而去，我和斑点蝶怎么办，姐妹们怎么办？"我无助地喊着，把一旁的斑点蝶吓得六神无主，呆滞的眼睛里一片茫然。

"孩子，我们故乡有句老话：所谓亲人，就是在死后可以将骨灰相托的人。你知道这句话的分量吗？"

慈母蝶从蜡染的土布包袱里颤抖地掏出一个物件，递给我。原来是一把戒尺，是过去中国的教书先生用来惩罚不听话的学生用的。慈母蝶曾经说过，她和哥哥没少挨戒尺打，手掌和屁股常常被揍成面包。

"带上它，代我去寻找……我的哥哥，老绿虫皓夫子。见到这把戒尺，他就会想起烟雨江南，兰香幽幽的四明山，那对淘气的小兄妹，摇头晃脑背诵《诗经》时总是忘词，总是趁大人不备，飞到幽谷的兰花丛中睡懒觉……"

慈母蝶仿佛又回到了童年，她的眸中涌满泪水，脸上却浮现出神往的笑意。

"孩子，我举目无亲，你要答应我，成全我最后的心愿：不要让我和哥哥做流浪异乡的孤魂野鬼……记住，我们蝴蝶无论生死，都要保持着飞翔的姿势，生命的尊严……"

我说不出话来，只好拼命地点着头。旁边的斑点蝶已经泣不成声。慈母蝶望着我，在死神降临之前，她分分秒秒地强撑着，等待着我的回答。

我双手捧着戒尺，眼前的一切从眸中滚落、碎裂。我不忍再看慈母蝶祈求的眼神，双手合十，一字一句地对她承诺："您放心吧，我一定代您老人家找到他，无论他是生是死！他若死了，我将他带回您的故乡安葬；他若安好，我带他回来寻找您的灵魂！"

慈母蝶如释重负地点点头，她突然又想起了什么，颤巍巍地从衣襟里掏出一块晶莹剔透的玉石，上面雕刻着手持柳枝的观世音菩萨。慈母蝶经常讲起她，说她是慈悲智慧的化身，救苦救难，普度众生。危难时只要在心里轻声呼唤，她就会应声而至，救人于水火，有求必应。慈母蝶说，观世音菩萨其实是位男性，但在中国却逐渐演变成了女性，大概在人们心目中，只有女性才是慈爱善良的象征吧。

在慈母蝶沧桑历尽的一生中，这尊玉观音始终紧贴着她的肌肤，吸纳着她的体温，仿佛有了灵魂般目含微笑，栩栩如生。

"这尊护身符，是我母亲……传下来的，我一直藏在身上……秘不示人，我把她留给你，她会保佑你的，孩子！" 慈母蝶挣扎着将玉观音挂到我的脖子上，顿时我的胸膛里仿佛又多了一个灵魂。

慈母蝶又将我和斑点蝶的翅膀拉到一起。我明白她的意思，她是不放心斑点蝶，我连忙再次承诺："只要我能活着逃出山谷，就一定把斑点蝶带出去，再寻找机会回来解救其他的姐妹们。慈母蝶，您放心吧，总有一天，我们都将成为自由自在的精灵！"

慈母蝶听了，面露欣慰，安详地闭上了眼睛。一滴泪珠自她的眼角滚落到木槿花瓣上，花瓣应声而落。我想起慈母蝶曾经说过：每一只蝴蝶在告别世界时，都会有一朵花陪着凋谢。上天对待每一个生灵都是平等的，没有伟大或卑微，也不分高低贵贱。

女王蝶不准我们为慈母蝶举行葬礼。她坐在金子铸成的王座上，边剔着牙边轻描淡写地说："嗨，一只又老又残的奴隶，哪值得祭奠？在这样载歌载舞的节日里举行白事，也不吉利。再说啦，我们木槿山谷从来没有为奴隶举行葬礼的规矩！"

菠萝蜜蝶忙添油加醋地呵斥说："玫瑰水晶眼蝶，还不快快下去！各位不知天高地厚的野丫头们，都给我洗洗耳朵听好了，谁若胆敢再来请示，违背女王意愿，惹女王生气，就拧断她的脖子喂黄蜂！"

我一言不发地飞回了木槿花树下。我要隆重地埋葬慈母蝶，哪怕豁出性命！对这位像慈母一样怜爱呵护我们的老人家，我们还能做什么呢？她虽然举目无亲，却是我们所有小蝴蝶的亲人，我们不能让她有尊严地生，但一定能让她有尊严地死！

我喊着："有不怕死的吗？"

立即有一群小蝴蝶飞了过来，我指着地上的一只晶莹剔透的水晶盒，一字一顿地说："来，将慈母蝶装进水晶棺里，抬起她，跟着我飞！"

于是，木槿山谷出现了这样震撼人心的一幕：在一只玫瑰水晶眼蝶的带领下，一群身着白裙的小蝴蝶抬着一副水晶棺，浩浩荡荡地绕着山谷低飞，她们沉默、庄严、肃穆，一丝不苟；上面还有九十九只小蝴蝶不停地撒着花瓣，将天空撒得像下了一场花雨。她们飞了一圈又一圈，直到地上的小动物们都跑出洞来仰望、跪拜，直到天上的鸟儿成群结队地飞来，哭喊着"师父，师父"，小生灵们一起组成一支浩荡的大军，共同簇拥着那副水晶棺前行……

这支队伍无声无息，却有壮士断腕的悲壮与决绝，令人热血沸腾，荡气回肠。我敢说，这样庄严肃穆的葬礼，这样不可思议的奇景，在蝴蝶史上也绝无仅有。

慈母蝶躺在水晶棺里，身上覆盖着闪闪发光的花瓣，神态像生时一样慈爱安详。那些平时躲躲闪闪的蝴蝶大婶们也飞来了，冒死加入了送葬的队伍。她们边撒着花瓣，边流着泪，说从没经历过如此隆重的送别。如

果有一天她们死了，也能有如此荣耀的葬礼，那这辈子也知足了，死而无憾了。

可惜，这世上只有一个慈母蝶，也只有她有这么多孝敬的儿女和虔诚的学生。

作为一只蝴蝶，慈母蝶受到了和尊贵人类同等规格的待遇，这大概是她生前想也不敢想的。至于那只豪华的水晶棺，可能没人知道它的来处。

告诉你吧，那其实是女王蝶掠来的宝贝，上面绘着金色的花纹，被她视若奇珍，经常托在手中把玩，向未见过世面的小蝴蝶们炫耀。当慈母蝶被喊来制作草莓蛋糕时，女王蝶竟然让她将蛋糕盛在这个盒子里，以显示她的尊贵与奢华，但她一定想不到：在我飞去与她交涉时，已暗中派几个姐妹将盒子偷了回来。我要让她视若性命的珍宝，做我慈母蝶的棺材，做蝴蝶奴隶们示威的武器！

就这样，我们大张旗鼓地抬着慈母蝶举行仪式，准备好了被掐断脖子，准备好了被黄蜂群围攻，但出人意料的是，女王蝶竟然躲在她的宫殿里没敢出来，只有那只菠萝蜜蝶在荆棘树后探头探脑，窃听风声。不管她如何向女王蝶添油加醋，我们都不再畏惧了。我们死都不怕了，还怕生吗？

这一次破釜沉舟般的示威，竟然把女王蝶吓怂了，说明她并不是想象中那么坚不可摧。这是蝴蝶奴隶们第三次抗争的胜利!

我心里更有底了,勇气像雨后的榕树根一样,不可遏制地滋生出来。

示威结束后,我们又把慈母蝶抬回了那棵木槿花树下。我们决定将她安葬在这里。木槿山谷,渴望自由的蝴蝶们迟早要离开的,就让慈母蝶守着这棵牡丹木槿,守着我们永恒的家园吧。

可惜木槿树下没有幽香的兰花,那就将她葬在故乡的这首歌里吧:

"春风依依轻回首,

隔着青山把话丢,

花败还有深根在,

一年不会都是秋!"

当泥土收容了慈母蝶那苍老残破的身躯,姐妹们相拥在一起,哭了。

用不了多久,慈母蝶将化为尘土,将这棵曾经让我们相依为命的花树哺育;年年岁岁,花朵们将前赴后继,开得更加娇娆硕大。每一朵花里,都将端坐着慈母蝶善良的灵魂。

"姐妹们,这个世界从此再也没有谁呵护我们了,从今天开始,我们得学会保护自己了!"我擦干眼泪,

低声说。

小蝴蝶们噙着泪水，一脸茫然。刚刚失去慈母蝶，她们的大脑中还没有概念。我很想告诉她们我的计划，可是，慈母蝶的话还在耳边回响，我不敢贸然将计划泄露，以免功败垂成。

我后悔没能早日带慈母蝶离开，致使她命丧黄泉。生命中还剩下一只相依为命的斑点蝶，我要带她逃走，挣脱那只妖蝶的魔爪。否则，总有一天我们也会像慈母蝶那样被折磨死，或者被活活累死的。

不能再犹豫不决了。慈母蝶说过："自由和梦想本就是上天赐予的礼物，它应该成为所有蝴蝶的两只翅膀。"我要拼死一搏，哪怕飞蛾投火，鱼死网破！

3. 惊天真相

我天天一边不动声色地采着花蜜，一边筹划着逃走。

可是，我们只能在有限的范围内活动，不得飞离木槿山谷。这里到处是女王蝶的探子，每朵花后面都有眼睛，无处不在地监视着我们，一有风吹草动就会被发现。凭借着这对并不强劲的翅膀，一只蝴蝶就是再能飞，也很难飞出这绵延不绝的群山。

更何况女王身边，还有那只播弄是非、唯恐天下不乱的菠萝蜜蝶，她把山谷里搅和得人人自危，谣言盛行，告密更是家常便饭。常常莫名其妙地就有一只蝴蝶被抓走了，严刑拷打之后横尸谷底，或者失去了争辩的舌头。"最毒莫过妇人心。"这句话在此竟成了真理。我甚至怀疑，现在的木槿山谷，就是慈母蝶所说的那个

喝了魔法药水的地方。

我本想先忍着不把计划告诉斑点蝶的，因为我深知她胆小怕事没主意，只想苟且偷生，但我还是太相信那份姐妹情意了，总觉得隐瞒是件不光彩的事。所以，几经踌躇，我还是对她透露了消息。人在亲密无间时，就容易迷糊。尽管慈母蝶曾告诫我要谨言慎行，但我觉得隐瞒就跟喝了魔法药水无异。

我自信了解斑点蝶，她的嘴巴很严实，无论什么秘密告诉了她，就等于告诉了一把锁，"吧嗒"一声就锁住了，谁也甭想再打开。我相信这件事不会再有第二只蝶知道，除非我说话时，被风偷去了消息。

没想到斑点蝶听完后，脸色都变了，不知是因为累，还是因为害怕。她一个劲地颤抖，几乎要从草叶上歪下来了。她慌乱地眨动着眼睛，用几乎听不见的声音说："梦蝶，你可别胡思乱想啊，会丢了性命的！"

"那又怎样，不自由，毋宁死——人类在千百年前就发出这样的呐喊了！与其被宰割践踏，不如拼死一搏！"

"可是，我们怎能跟人类相比呢？人家是世界的主宰，而我们，只是一群卑微弱小的蝶啊！"

"蝶怎么了？人类能，为什么我们不能？哪怕是一只蝶，也是活生生的生命啊，有血有肉有心，我们再卑微，也是受上天眷顾的。太阳神和月光女神轮流照耀每一个生灵，不会多给谁一个白天，也不会少给谁一个夜晚！"

"我知道说服不了你。要逃，你就自个儿逃吧。梦蝶，我死也要死在这里。我没有你那样的野心，只求平安无恙。越挣扎命运就会越糟糕，难道你不懂吗，何不逆来顺受，随波逐流？"

"你不挣扎，不反抗，怎么知道结果呢？如果不尝试，不会知道蜂蜜是甜的，黄连是苦的。在有绳索的地方，自由需要争取，不会有谁白白送给你！"

"别说了，梦蝶。我劝不了你，你也劝不了我。还是那句话，要逃你就自个儿逃吧，不要拉着我，也不要牵连其他姐妹。故土难离，没有谁像你那样，天天挖空心思地想要离开这里！"

"你、你怎能这样说话呢！" 想不到我一片好心，得不到她的祝福，却换来她这样一番冷言冷语，我的心一点点凉了。

"你太自私了！你想过没有，你这样不顾一切，只能给山谷带来空前的灾难，所有的蝴蝶，都可能受你连累，死无葬身之地！" 斑点蝶说完，就赌气地转过身去，将身躯藏在花朵里面。月光下，我听见她嘤嘤的哭声，好像受了极大的委屈。

我有些懵，一时不知所措，甚至有些后悔。我怎么

也想不到，在斑点蝶的内心深处，竟藏着对我这样的看法。在她看来，我是一个彻头彻尾自私自利的家伙——为了自己逃出来，却不管众姐妹的死活。

难道就这样永远逆来顺受下去，才是顾全大局吗？难道这令人窒息的死寂和黑暗，不需要有一只勇敢的蝴蝶，冒着生命危险打开一个缺口，引来自由的风和澄澈的阳光、清新的空气吗？

我不知道。但我知道我必须去做，这是唯一的出路。如果我连自己都拯救不了，怎么拯救苦海中的其他灵魂？

当我发现了女王蝶的惊天秘密后，就真正开始了我的逃亡计划，一刻也不再等待。

这天，我借采蜜之机摆脱了黄蜂们的监视，飞到了山前的一个背阴处，一边心不在焉地从这朵花飞到那朵花，一边偷偷地观察着地形。这里花草繁茂，但荆棘也很密集，我必须先探好一条安全的逃跑路线。

这时，我突然听到一个熟悉的声音，女王蝶的声音！

我忙循着声音悄悄飞过去，却发现女王蝶站在一片野菊丛中，赤脚叉腰，在对着一只雄蝶大发脾气，污言秽语不堪入耳。那只雄蝶也是只猫头鹰蝶，但他的面孔却显得温良憨厚，看不出丝毫的凶悍。

　　我躲在一丛狼尾草后面，竖着耳朵听了半天，终于听明白了：原来女王蝶真的不是什么出身高贵的蝴蝶公主，而是一只乡下农妇蝶，出生在贫穷的猫蝶寨，那个寨子里都是像她一样的猫头鹰蝶。她脾气暴躁，好吃懒做，常对亲人大打出手。因为丈夫懦弱无能，不能给她锦衣玉食的生活，她一怒之下就把他的腿打瘸了。寨子里的蝴蝶们愤怒不过，就联手将她惩罚一顿后赶了出来，使她成了一只无家可归的流浪蝶。

　　可是，没想到这却成就了她。她仗着心狠手辣，走到哪里打到哪里，打遍蝶群无敌手，渐渐成为这一带有名的蝴蝶悍妇，不愿惹是生非的蝴蝶们都搬走了，只留下胆小怯懦的蝴蝶们，无处可去，也不愿离开家园。

　　从此，这一带几乎成了这只猫头鹰蝶的天下。有一次，她遇见了流浪的蝴蝶公主，在了解了公主的秘密后，就害死了她，然后收买了贪得无厌的黄蜂寨主，合谋毒死了木槿山谷的老女王并谎称是她的女儿，顺利登上了王位，统治了原本宁静和谐的山谷。

　　可是，即使这样，野心勃勃的她仍然不满足。她将这个被她打瘸的丈夫抓来，让他看看自己如今的派头，炫耀一番后再折磨他，让他生不如死。更重要的是，她得意扬扬地宣布了一个疯狂的消息：她要报复，她

要荡平猫蝶寨，一雪前耻，她要征服世界，扩大她的统治疆域！

我听得毛骨悚然，汗毛根根竖起。

猫头鹰蝶为什么不将丈夫揪到她的王宫里教训，而是躲在这里呢？我突然明白了，她是怕暴露了身份，她怕众人知道统治山谷的原来是一个冒牌货，一个胸无点墨的悍妇，最重要的是，她竟然是杀害女王母女的真凶！如果弄清了这个被掩藏的真相，即使蝴蝶们再温驯，谁还会听她的号令，谁还会俯首帖耳地臣服于她呢？怕是连那只菠萝蜜蝶，也会啐一口悄悄溜走的！

那只老实巴交的蝴蝶丈夫无疑被吓坏了，他战战兢兢地望着自己的老婆，嘴唇哆嗦着："猫头鹰蝶，为啥你还这样不知悔改？难道你心里除了恨，就没别的吗？"

悍妇蝶冷笑着说："整个天下都欠我的，所以我要讨还公道！我有啥错？错的都是你们。告诉你吧，我不仅对你心存怨恨，更对那些将我赶出村寨的蝴蝶们耿耿于怀。'君子报仇，十年不晚。'老天开眼，我终于等到了这一天！"

"什么？难道，你真、真的要荡平猫蝶寨？"

悍妇蝶得意地摇晃着硕大的脑袋："这还有假？别忘了如今我可是木槿山谷的女王，掌控着这里所有蝴蝶的生杀大权，要谁生要谁死，都不过是我打个哈欠的事儿！我要灭猫蝶寨，只需要眨巴一下眼睛！"

蝴蝶丈夫大惊失色，跪在老婆的脚下磕头如捣蒜："猫头鹰蝶，你可不能如此无情无义呀，猫蝶寨是你的家乡，生你养你的地方，连你的父母兄弟都还生活在寨里呢！你怎么忍心……"

"住口，你这个窝囊废！"悍妇蝶勃然大怒，"你竟敢教训我？别忘了你是什么身份，别忘了如今我可是女王！我告诉你，成大事者不拘小节，管他是谁！"

"天哪，你竟然连自己的亲人都不放过？猫头鹰蝶，求求你了，收手吧！什么女王，难道我还不知道你几斤几两吗？你曾经穷得连件像样的裙子都买不起，一年到头吃不到几次蜂蜜，你就是戴上王冠，也改变不了你卑贱的出身呀……"

"你竟敢揭我的短？"悍妇蝶面红耳赤，咬牙切齿地说，"出身卑贱咋啦？英雄不问出身，我颠覆了传统，打破了世袭制，我才是逆袭成功的英雄，百年不遇的女中豪杰。在蝴蝶史上，我一定会留下一笔的，我才是一只大写的蝴蝶！如果有一百只蝴蝶像我这样，就完全可以统治世界了，哈哈哈哈哈哈！"

"疯了，疯了，是贪婪的欲望和不知哪儿来的仇恨毁了你！"蝴蝶丈夫闭上眼睛，喃喃地祈求着，"上天

啊，请饶恕她吧。一个乡野村妇，连自己的名字都不认得，竟然人心不足蛇吞象，要杀人越货，攻城略地。她一定是在说胡话呢，她哪有这么大的本事？"

"哈哈哈，我早就今非昔比了，你竟然还敢取笑我！"悍妇蝶笑得上气不接下气，"我可以号令千万只蝴蝶同时为我打工采蜜，当然也能花钱养雇佣军。看，这就是我大名鼎鼎的黄蜂卫队，很快，你将领教他们的厉害！"

顺着悍妇蝶的手指，我这才发现了远处的黄蜂卫队，他们全副武装，严阵以待，的确有灭绝一切的强大阵势。我不由得倒吸了一口凉气。

悍妇蝶得意地说："他们威武彪悍，攻击力强，个个都是敢打敢拼的死士，灭一个猫蝶寨，还不是我一挥手的事？"

"哦，这太可怕了，上天啊。是你疯了，还是这个女人疯了……"

"闭嘴，你这个天天只知道种花采蜜的山野小民！你懂啥？成大事者不拘小节。谁得罪了我，惹恼了我，谁就是我的敌人！扫平所有阻碍，哪怕整个世界只剩下我自己！"悍妇蝶后翅上的那两只眼睛冒出红蓝相间的火焰，好像要把全世界烧光，她声嘶力竭地叫喊着，吓得花草丛中的虫儿们纷纷四散。

　　此处危险，不可久留！我鼓动着翅膀想逃走，却不慎撞翻了一只蜗牛，她下意识地尖叫了一声。女王蝶立即警觉地掉转头朝这边冲杀过来，张牙舞爪，面目狰狞。黄蜂卫队也嗡嗡散开寻找着目标。

　　怎么办？逃跑显然已经来不及了。我突然想起自己的透翅功能，忙落到姹紫嫣红的花丛中稳住，屏声静气。这样，我几乎就算隐身了，连尾翼的那片玫瑰红也和花瓣完美地融为一体，难解难分。

　　女王蝶搜寻一番，没发现什么破绽，就又骂咧咧地飞回去教训她的瘸腿丈夫了，黄蜂卫队也重新整好队列，呆若木鸡地排列在远方。

　　我趁机振翅飞去。这是千载难逢的好时机！我要飞出木槿山谷，去寻找渴盼已久的自由，刻不容缓。然而，飞了不多远我又折了回来：我不能独自逃走，我要向蝴蝶们揭露女王蝶的真相，我还曾经答应过慈母蝶，要把可怜的斑点蝶一起带走。如果不信守誓约，我就不配为蝶。

　　借着月色，我冒着生命危险潜回了木槿山谷，却发现谷里壁垒森严，到处都有黄蜂卫队把守，看来女王蝶真要来狠的了，姐妹们也失去了相互串联的自由。在这种时刻如何揭露真相，又有谁会相信？看来，只有先逃

出来，才有向世人公布真相的机会。

但是，当我一腔热忱地劝说斑点蝶一起逃走时，她却死活也不肯，翻来覆去地重复着那几句话："要逃你就自个儿逃吧，不要拉着我，也不要牵连其他姐妹……"

我听了愤怒又伤心，但还是几乎哀求般地低声说："快点跟我逃走吧，小祖宗！你已经尝试过自由的快乐，可是，那仅仅是微不足道的自由，就像舌尖上的一点蜜，我们应该追求更辽阔的天空。为了它，我们必须飞蛾投火，在所不辞！"

可是，任凭我把唾液说干了，斑点蝶还是颠来倒去的那几句车轱辘话。看来，她是铁了心继续做奴隶了。我只好拿出最后一招，给她讲那个慈母蝶讲过的——魔法药水与透翅蝶的故事，讲得我自己的眼泪都滚出来了，她还是不为所动。

最后，她干脆飞离了牡丹木槿，飞回了从前那棵斑叶木槿上，躲进花蕊里闭合花瓣不出来了。很快，就从里面传来了均匀的呼吸声。

我想起那句名言："你永远都无法叫醒一个装睡的人。"于是，我只好将小小的行囊斜背在身上，悄悄从这棵花树上飞起。慈母蝶送我的玉观音，在我的脖子上摇摇荡荡。

月光下，我掠过那些熟悉的花树：牡丹木槿、大花木槿、玻璃重瓣木槿……听着翅膀告别花朵的声音，我不由得一阵阵伤悲。我在心里虔诚地默念着：再见了，慈母蝶。我带着您的遗愿，去寻找爱和自由去了！

恍惚间，我看见一朵闭合的木槿花缓缓张开了，那是一朵单瓣白花木槿，洁白似雪，不染俗尘。慈母蝶端坐在花蕊中，目含笑意，慈爱如昨，身躯像水晶一样透明，几乎和澄澈的月光融为一体。我百感交集，欲喊无声。

许久，我才哽咽着说："原谅我，慈母蝶！我带不走斑点蝶，也无法去鼓动其他的姐妹们跟我一起逃走……"

"孩子，我懂得你的善良，也明白你的好意。可是，的确来不及了，女王蝶已经有所察觉，你还是快快飞走吧，不要让她追上……"慈母蝶的声音依旧那么温柔，却好像话中有话，在她的声音中，我仿佛听到了追杀来的千军万马。

我落下来，跪在她端坐的白色花朵下，想与她做最后的道别。这才发现她一手托着净瓶，一手捏着柳枝。我抬头仰望着她双耳垂纶、雍容华贵的姿容，突然觉得那样熟悉又陌生。不，这不是慈母蝶，这分明是她讲述中的观世音菩萨！

我忙低下头，发现梦幻般的月光中，正微微荡漾着的玉观音，竟然与端坐在花蕊中的慈母蝶一模一样！难道，历尽苦难和屈辱的慈母蝶，对我们百般呵护的慈母蝶，竟就是观世音菩萨的化身？

我恍然大悟，如醍醐灌顶。我冲着慈母蝶失声喊道："慈母蝶——观世音菩萨，观世音菩萨——慈母蝶！"

慈母蝶的头顶缓缓亮起一个光圈，我知道那是佛光，是从她身体里放射出的神性光芒。她亲切地望着我，微微颔首："是的，孩子，你说得没错。我就是观世音菩萨，观世音菩萨就是我。"

我不由得双手合十，虔诚地施以佛礼，这也是慈母蝶生前教我的。面对着那双含笑注视的眼睛，我说出了心中的疑惑："这究竟是幻是真？既然您就是观世音菩萨，那慈母蝶是不是并不存在？"

"不，孩子！"她用捏柳枝的手爱抚着我的头，顿时有一股热流涌入，"慈母蝶既是我的幻化，却也是真真实实的存在。我们已经合而为一，不可分割。我从古老的中国起飞，来到这世界尽头寻找哥哥老绿虫，几经生死磨难，百般屈辱，既是为了下凡历劫，也是为了度化你们——这群惹人怜爱的小精灵们！"

"我明白了，大慈大悲的观世音菩萨，我深深爱着的慈母蝶，感恩您的度化！只要我能飞出去，就会接替您继续寻找您的哥哥老绿虫的，请放心！"

"去吧，孩子，别犹豫也别停留，去寻找爱和自由的天空去吧。"慈母蝶用柳枝在我头顶点洒着凉凉的甘露，柔声说，"记住，孩子，你是我播下的一粒种子，你是有使命的。你不但要找到属于自己的天空，还要帮助受奴役的蝴蝶们获得解脱，帮助无家可归的灵魂找到家园！去吧孩子，快快飞去吧！"

我感到那柔软的柳枝，将源源不断的勇气注入了我的身体，使我的翅膀如鼓满风的白帆。我仰起头，嘬饮了几滴甘露，又亲吻了慈母蝶那双玉石般温润的手，就展翅飞进了月光里。

在半空中，我朝那个散发着澄澈光辉的身影跪下来，按中国的传统礼仪拜了三拜，就转身飞走了，边飞边用清亮的声音喊着："您老人家放心，我今天的逃走，是为了明天更好的拯救！请相信我，终有一天，我会回来救她们的，我要让木槿山谷成为兰香幽幽、蜂飞蝶舞的乐土！"

"去吧，孩子，记住你的使命！每一只有翅膀的精灵，都要在天空留下自己的踪迹，才不枉活这一生！"

慈母蝶平静而又安详的声音一直伴我飞了很久，才

消失在了山谷。今夜的空中，有一颗星格外亮。我相信它就是慈母蝶的灵魂，在照耀着我前行的路。她只是换了一种形式，继续爱着我们。爱，就是这样千变万化，永不会消亡。

4. 生死逃离

我刚刚飞到山前——就是那天发现女王蝶秘密的地方，就被她率领的黄蜂军团追上了。

这时，月亮刚淡淡隐去，东方正微微透出霞光。我听见女王蝶飞扬跋扈地叫嚣："从来也没有谁胆敢逃跑，你这只小小的透翅蝶竟敢冒犯本女王的尊严，真是大逆不道，不知天高地厚。你不是追梦吗？好！今日，我就让你的美梦变成一场噩梦！黄蜂卫士们，上！"

顿时，黄蜂卫队像一片黄黑相间的云彩，乌压压地涌过来，将我围在了中间。

我正试图寻找逃跑的缺口，突然传来斑点蝶的哭声，我循声望去，却见斑点蝶被装在一个笼子里，被一只凶蛮的大黄蜂提在手中。我愤怒地冲女王蝶喊着："放了她，你这只卑鄙的泼妇蝶！"

"看看，这就是你们信誓旦旦、坚不可摧的姐妹情，你要带她走，她不但不走，还出卖了你，供出了追踪你的线索。多精彩的一出好戏，多滑稽的塑料姐妹情呀，呱呱呱呱呱！"女王蝶幸灾乐祸地笑着，笑得邪恶极了。

"不是这样的，梦蝶，不是这样的！"斑点蝶哭了起来，在笼子里扑棱棱乱撞着，哭得伤心欲绝。

"我不怪你，只怪自己瞎了眼睛！也许，我们原本就是两只不同的蝴蝶，南辕北辙，道不同不相为谋。"我冷冷地说。

"不是这样的，是菠萝蜜蝶偷听了我们的对话，女王才派黄蜂卫士来抓住了我……"斑点蝶哭着辩解。

"不管咋样，说屈打成招不算冤枉你吧？她扔下你独自逃跑，她无情，你无义，呱呱呱呱呱呱，你俩可真是慈母蝶教出的好弟子！"女王蝶嘲弄地大笑着，一脸的幸灾乐祸。

斑点蝶在笼中蓬头垢面地哭喊乱撞着，徒劳无益地辩解着。我看见那些曾经一同在花丛中采蜜的姐妹们也成群结队地飞来了。她们用各种各样的表情看着我：愤怒的、同情的、惋惜的、怨恨的、不解的、鄙视的……

我的勇气和着怒火刹那间升腾起来，我为她们感到悲哀。没有什么比麻木不仁浑噩度日更令人痛恨的了，我希望她们能觉醒。这一刻，即使化为灰烬我也要说出真相，至于逃不逃得出，已经不是最重要的了。

我拼尽全力朝着她们呐喊着："姐妹们，再也不要受这只野蛮猫头鹰蝶的愚弄和奴役了，这是我们作为自由精灵的耻辱。她并不是什么蝴蝶公主，而是一只大字不识的悍妇蝶。昨天，就在这里，我窥听到了关于她身世的真相。"

我的话引起一阵躁动，只见无数的翅膀上下翻飞，无数的声音混杂在一起。有只蝴蝶大婶半信半疑地冲我喊着："梦蝶，你可不能为自己的逃跑寻找借口，血口喷人呀。你敢发誓，你说的都是真的吗？"

"我用我的生命发誓，用慈母蝶教给我的诚实发誓！"我用手捂着自己的心，头仰向天空，仿佛面对着慈母蝶看不见的灵魂。我一字一顿地说，"如果我有半句假话，请上天收去我这对珍贵的翅膀；如果我说的都是真话，请给我一个回响！"

刚说完，我的双翅就发出一阵亮光，接着，晴空中响起一道闪电，朝着悍妇蝶头顶的方向劈去，吓得她一声尖叫，慌忙抱住了脑袋。蝴蝶们见状，也忙双手合十，礼敬天空，诚惶诚恐。

"姐妹们，婶婶们，这些，还不是最重要的！最可怕的是：这只猫头鹰蝶竟是谋害女王母女的真正凶手，

她还当着自己丈夫的面，扬言要荡平养育自己的猫蝶寨，连自己的父母兄弟都不放过！"

等我放爆竹似的揭穿了猫头鹰蝶的身份，蝴蝶们顿时乱了阵营，也许，她们一时无法接受，这突兀揭开的残酷真相，颠覆了她们的认知。

悍妇蝶慌了，她知道蝴蝶们一旦觉醒，她的统治将无法再继续。她指着我，怒气冲冲地朝着黄蜂卫队发号施令："蜇她，快蜇烂她的嘴巴，将她蜇成蜂窝！你们都给我听着，谁若再听她信口雌黄，妖言惑众，将和她一样的下场！"

听到女王蝶的命令，黄蜂卫士们缩小包围圈朝我冲过来，嗡嗡嗡嗡，嗡嗡嗡嗡……像一千台嗡嗡响着的电锯，要把我锯成粉末！

我必须争分夺秒，在被他们的蜂针蜇到肌肤之前，将要说的话全部说完。如此，就是被蜇成蜂窝也值得了。我不顾一切地大喊着："高山大河、森林猛兽、花草虫雀们，所有在昨天听到了猫头鹰蝶和她丈夫对话的生灵们，请助我一臂之力，请为我说一句公道话，我说的是不是事实？"

"是的，句句属实！"一只野兔从草丛里蹦出来，抖动着三瓣嘴说完，又迅速跳回了草丛中。

"我昨天刚巧路过，看到了这令人愤怒的一幕！"

一只妖艳的红狐狸跑过来，朝着半空的女王蝶放出一阵臭气，接着逃之夭夭。

女王蝶被熏得剧烈咳嗽出来，她刚掏出手绢，一只嘴巴大得夸张的绿鸟儿就冲过来将手绢叼走，丢落到了山涧，还不忘吐一口唾沫。

"是的，是的，她不过是一只野蛮无耻的悍妇蝶，不是什么女王蝶！"山野间看得见和看不见的声音都在喊着，为我做着铁的证明。

"她还把我的一只翅膀也揪去，把我那可怜的鼻梁骨也打断了，呜呜呜，我那伤天害理无恶不作的婆娘啊！"这时候，一群猫头鹰蝶抬着那位可怜兮兮的丈夫也赶来了。他被老婆虐待得几乎只剩了一具光秃秃的躯体，张着那仅剩的一只翅膀，坐在一张破席子上，鼻子用一块创可贴包着，像个惨不忍睹的怪物。

猫头鹰蝶丈夫的悲惨模样，立即引来一片骂声和唏嘘声。看得出来，大家对我的话已经不再质疑。猫头鹰蝶丈夫诉说着老婆的种种恶劣行径，希望大家给评评理，并设法阻止她灭绝猫蝶寨的计划，否则的话，不但猫蝶寨遭殃，其他生灵也会跟着倒霉，他不能眼睁睁看着这里惨遭涂炭。

整个山谷都愤怒了！地上的小动物们纷纷跑出来，跳起来，朝着猫头鹰蝶扔石子，吐唾沫。鸟儿们则飞过

来，用翅膀狂扇她的头顶，用爪子挠她那张蛮横的脸。小生灵们虽然弱小，但藏在胸中的正义力量一旦爆发，便如洪水决堤，势不可挡。

猫头鹰蝶气得暴跳如雷，七窍生烟，只得用翅膀拼命护住自己。可是，她还不知收敛，像炫技一样在半空展开双翅，张牙舞爪地喊着："好，你们这些山野间的无名小卒，竟敢联合起来对付我。看来你们还没领教过我的厉害，等我成了世界霸主，看我怎么收拾你们！"

她后翅上的眼睛又开始冒出火焰，一会儿变成红的，一会儿变成蓝的，一会儿变成绿的。我暗叫一声不好，那邪恶的火焰一旦点燃，就会焚尽整个山谷！

"听到没有，她只不过用阴谋夺取了一小片山谷，就敢这么狂妄！你们还看着她继续这样无法无天吗，你们还要等到她与全世界为敌吗？"我赶紧大喊起来，一旦猫头鹰蝶的气焰占据上风，正义的力量就会被削弱。

"不能，不能，不能！"

地上的小动物和半空中的飞鸟们齐声喊了起来，喊声惊天动地。这片沉默的山谷终于爆发了，弱小无助的生灵们从没有这么同仇敌忾过。

这时，只见周围那些大树突然动了起来，一条条的"绳子"迅速从这棵树缠到那棵树，又从那棵树缠到这棵树，很快就织成了一张密密匝匝的大网。然后，就见一只只雌蜘蛛飞速沿着纵横交错的网线溜出来，她们全身披挂着黑色的铠甲，背上有红色沙漏形的标记。前面的蜘蛛手执火红色的旗帜，看上去如威风凛凛的钢铁战士，无疑，她就是蜘蛛女王了。

空气仿佛凝住了！这种雌蜘蛛因为心狠手辣被称为"黑寡妇"蜘蛛，她们无情无义，连自己的丈夫都可以吃掉。一提起她们，大家就胆战心惊。女王蝶和"黑寡妇"蜘蛛王，都是远近闻名的冷酷悍妇，她们的恶名并驾齐驱，不相上下。

此刻，蜘蛛女王率领雌蜘蛛们跳出来凑什么热闹？她们是猫头鹰蝶的帮凶，还是蝴蝶们的盟友？

就听蜘蛛女王大声喊着："都说我们心狠手辣，其实，我们哪有这只泼妇蝶狠？她的倒行逆施，所作所为，连我们都看不下去了。今日，我们就为木槿山谷的蝴蝶姐妹们除了这一害，也为我们"黑寡妇"蜘蛛正名。"

说着，蜘蛛女王将旗帜一挥，就见无数的黑蜘蛛上下翻飞，吐出毒液，将女王蝶和黄蜂们团团围在天罗地网中，使他们左冲右突，无法挣脱。黄蜂们纷纷被毒液粘在网上，不时发出惨叫声，他们蹬着腿不停挣扎，越挣扎却束缚得越紧，很快便精疲力竭，只好停止反抗，气咻咻地等着被风干或者成为蜘蛛们的美味儿。

猫头鹰蝶这才意识到事情的严重性，她已经到了老

鼠过街人人喊打的境地，大红高跟鞋也掉了一只，蓬头垢面，狼狈不堪。她试图重新点燃后翅眼睛里的火焰，但任凭她怎样张牙舞爪，翅膀却仿佛被卸掉了一般不听使唤。她只好尖着嗓子大呼救命，却发现黄蜂们已经自顾不暇，而那只平常阿谀奉承甜言蜜语的菠萝蜜蝶，早已经逃之夭夭了。

猫头鹰蝶众叛亲离，只剩下孤家寡人一个，不由绝望得哇哇大哭起来，眼泪把她那对猫眼上的妆冲得一道道的。她的丈夫见了，不由得动了恻隐之心，他张着仅剩的那只翅膀，冲着蜘蛛女王一个劲地作揖："请女王大人大量，饶她一命吧，我这个婆娘尽管出身贫贱，脾气暴躁，但原来并没有这么坏的，她一定是被什么邪魔妖术附体了……"

蜘蛛女王吐出一口毒液，正对一只被网线缠起来的黄蜂下毒手，听了猫头鹰蝶丈夫的话，回头啐了一口，鄙夷地说："你这个没出息的东西，伤疤还没好呢就忘了痛，自顾不暇呢，还替你作恶多端的老婆求情！你说她原先没这么坏，那谁生下来就是十恶不赦的坏人，难道是指鸡骂狗说本王我吗？"

"是啊，我是从中国飞来的大鸟，我们老祖宗说人之初性本善，坏人哪个是从一开始就坏得流脓淌水的？"那只大嘴鸟儿连声附和着。

"猫头鹰蝶丈夫，你别替你婆娘辩解了！难道你忘了，昨天她是如何羞辱折磨你的了吗？"我也趁机敲打说。

猫头鹰蝶丈夫垂下头，羞惭地说："是啊，我也知道她没拧下我的脑袋，已是烧了高香了，这个心如蛇蝎的婆娘啊。"他朝老婆喊着，"猫头鹰蝶，收手吧，你已经穷途末路，成为所有生灵的敌人了。要是再不放下屠刀，迟早会遭到报应！"

猫头鹰蝶一听，气得咬牙切齿。她看事情不妙，慌忙掏出一瓶胭脂花粉，往脸上胡乱涂抹了一把，趁乱混在蝴蝶们中间往网的缝隙处逃去，簇拥着她的还有少量未落网的黄蜂卫士。等大家发现时，在千万只逃亡的蝴蝶中，已经找不到猫头鹰蝶那肥硕的身影了。

这只狡猾多端的妖蝶，趁乱逃走了！

一场热闹的生死大战后，蜘蛛女王挥舞着旗帜，指挥着剽悍的蜘蛛们有序撤退了，速战速决，迅雷不及掩耳。地上，落满黄蜂的尸体。蜘蛛网上，还有被粘住的黄蜂们在垂死挣扎。

天地间的生灵们发出一片胜利的欢呼声，淹没了斑点蝶那追悔莫及渐去渐远的哭声。

我曾经准备以惨烈的代价，来赢得这次吉凶未卜的逃亡，没想到却以这样大获全胜的方式意外结束了。蜘

蛛们迅速收了网，将误落到网上的蝴蝶和飞鸟们放走，然后带着战利品昂首阔步地打道回府了，英姿飒爽，干净利落。

蝴蝶们得到了解放，纷纷扑棱着差点儿被废掉的翅膀，四散逃走了。也许在获得自由的同时，她们也会心有余悸，毕竟差点儿成为"黑寡妇"蜘蛛们的食物；也许，她们暂时还不能适应，毕竟突兀而来的自由就像氧气，一下子吸太多也会醉的。

事后想想这场蛛蝶大战，也许只是蜘蛛们借着正义的名义，为自己捕杀餐食猎物找到了一个冠冕堂皇的借口。大自然的生存法则，虽然看上去合情合理，但真相永远是弱肉强食。这样一想，我不由得有些后怕，但是不得不说，"黑寡妇"蜘蛛们在这次的捕蝶大战中，干得漂亮，也为释放被猫头鹰蝶奴役的蝴蝶们，立了大功。

而那只猫头鹰蝶到底逃到了哪里，她会从此消失于江湖吗？她会不会在木槿山谷重整河山，继续耀武扬威，使暂时获得了自由的蝴蝶们再次被囚禁？我那可怜的姐妹斑点蝶呢，她从囚禁的笼子中挣脱了吗，她是生是死？

我的小脑袋中挂满了沉甸甸的问号，它们使我的翅膀变得沉重起来。在流浪的旅途中，我曾经多方打听消息却一无所获，只有斑点蝶的哭声，在风中时隐时现，时近时远……

第三章

伊甸乐园

1. 骑士蝶

记得在木槿山谷的时候，慈母蝶曾经问我们，是喜欢天空还是大海？斑点蝶回答：大海！因为她可以躲在大海深处，躺在礁石后面悠然地睡觉。而我则毫不犹豫地回答：天空！因为我想在阳光下无遮无拦地飞翔，哪怕被猎人一箭射下来，也能死得明明白白。我不喜欢大海，因为它太幽暗，所有故事都在深不可测的暗处进行。

如果这个世界没有光，活着还有什么意义？

可是，当我逃出了噩梦般的木槿山谷，充分享受了自由的风和阳光，却很快又陷入了新的迷惘。因为反抗、逃亡都是为了自由，而当自由不再是梦想，我将如何飞下去，飞到哪里去，新的一天将如何开始？

天空大得像一个陷阱。面对这突如其来的自由，我一下子变得不知所措，几乎迷失了自己，没有谁能告诉我，我该怎么做。我问脖子上的玉观音，她也微笑不语。我告诉她：我没有忘记慈母蝶的嘱托——去寻找她的哥哥老绿虫。可是又毫无线索，我该去哪里寻找那位生死不明的老先生呢？

我就只好每日不停地往前飞、飞、飞……不管怎样，蝶和人一样，只要活着，就要不停追寻新的目标。在我的翅翼下，那些人类的登山者，身背行囊，脚却永远朝着头仰望的方向。山高我为峰，是他们征服自然的雄心壮志。作为一只蝶，怀抱着拼死换来的自由，也必须追问生的意义。无论如何，往前飞，总错不了。

这天，碧空如洗，照彻得我的心豁然开朗。能够在阳光下任性地飞翔，对我来说，曾经是多么可望而不即啊！我庆幸自己是一只蝶，可以在耀眼的阳光下，俯瞰着高山大河、森林荒野，那变幻无穷的景色，只有飞翔的生命才能真正领略。

"如果能与另一只蝴蝶一起翱翔在阳光下，该多美啊！也许有了同伴，就不会像现在这样无所适从了。"我听见另一个自己在说话，顿时吓了一跳。慈母蝶说过，人太孤单时，就会把自己一分为二，相互对话的。我没想到，我也有两个自己。

我正纠结着要不要回答自己，天空突然变得阴暗起来，就像中国古诗中描写的那样——黑云压城城欲摧。

　　我刚一抬头，就被吓了一跳，只见一群遮天蔽日的飞虫，如千军万马般压过来，没等我回过神来，它们就已扑至眼前，用看不见的小牙齿快速撕咬我的脸庞、翅膀，甚至眼睛。我如火焚身，只好扑打着翅膀乱飞一气，天哪，这真是从天而降的噩梦，如果我不能尽快飞出这片蚊虫阵，瞬间就会被吃光的！

　　可是，我又该如何抵挡这支渺小却又剽悍的蚊虫大军呢？在它们密不透风的包围圈中，我闻到一股刺鼻的味道，那正是女王蝶身上独有的臭味——泛着泡沫的烂浆果味道，难不成是那只妖蝶阴魂不散，派它们前来追杀我？

　　我顿时明白了：原来，自由来得并没那么容易，幸福也不会从天而降，我还没飞出猫头鹰蝶笼罩的天空呢。只要她不死，便不会放过我，更不会放弃对我的追杀！

　　正当呼天不应、入地无门时，伴随着一道刺目的剑光，一阵粉紫色的风刮过来，刮向蚊虫阵，就见那群遮天蔽日的蚊虫瞬间四散，很快消失得无影无踪了。我下意识地向风中抓了一把，却抓到了一朵薰衣草花，这是咋回事，这样瞬息万变，不是做梦吧？

　　我正在发蒙，却见一只蓝色的大鸟扑过来，阴影几乎笼罩了我。我陡然一惊，不会又碰到更危险的敌人吧，这真是祸不单行啊！

等他飞近了我才发现，这不是大鸟，而是一只硕大的蓝色蝴蝶，翅翼蓝得能亮瞎人的眼睛，他将手中的剑"唰"地插入雕花的剑套，干净利落，威风凛凛。我正不知所措，却听这个同类用洪亮的声音问："你没事吧，玫瑰水晶眼蝶？"

我赶紧摇摇头。他竟然知道我是一只玫瑰水晶眼蝶，看来见多识广。要知道在蝶类中，我们这种翅膀透明的异类，极为罕见。

"那就好，看见一只美丽的小蝴蝶被蚊虫阵围攻，我特地赶来解围。"

"解围？难道刚才是您……？"

"是啊！"他眨动着长睫毛，用戴着白手套的手行了一个搭额礼，若无其事地说，"看见那阵紫色的风了吧？那是我撒的薰衣草花，这群小战士们最怕这个。我本想与它们大战一场，谁知我只撒了一把，它们便溃不成军了！"

我有些半信半疑，但还是有模有样地拱手相谢。记得慈姆蝶说过："蝶心难测，不可不防。"何况我这种初入江湖的井底之蛙。我必须故作老练，不能让对方看出丝毫破绽。

"谢谢您及时出现，救我于水火，壮士。谢谢您的

薰衣草花，让风有了形状和颜色，这是我见过的最浪漫的风了！"我叽里咕噜地说着，连自己都不知说的是真是假。

"不谢！"

见他惜墨如金，我反而更按捺不住内心的疑问了，这个高深莫测的家伙，到底是敌是友？古希腊谚语说，只有瞎子才能真正看清真相。提醒人不要被表面现象所迷惑。既然如此，我干脆破釜沉舟，将心里的疑问说了出来："您能告诉我，您为什么要救我吗？我们萍水相逢，您并不认识我……"

他拍拍腰上的剑，露出谜一样的微笑："都是蝶类，路见不平，就要拔刀相助。难道，还需要其他理由吗？"

我有些尴尬，这个理由虽然笼统，却也的确无懈可击。也许是我以小人之心度君子之腹，也许是他太过深藏不露了。反正，这位神秘的空中旅客，绝非一般的蝴蝶，依我的经验根本无法分清他的善恶。

"此处险要，不可久留，还是跟我一起先降落吧！"他彬彬有礼地说，一手按着剑，一手对我做了个"请"的姿势。

我就这么不由自主地随着他往下飞去，不知道他到底是谁，是不是女王蝶派来的探子，下面有没有陷阱。他身上还留着薰衣草的味道，让我既信赖，又有些惶惑。我暗暗打定主意，哪怕下面是万丈深渊，也要豁上了跟他飞一次，弄清他的庐山真面。反正，我从来都不是一只安分的淑女蝶，生来叛逆野性，渴望险象环生的旅途，不希望平淡无奇混日子。哼，连女王蝶我都不怕，还怕一只乳臭未干的小雄蝶吗？

我边飞边悄悄打量着他：这是一只大蓝闪蝶，也称蓝摩佛蝴蝶，世界上最美丽的蝴蝶之一，而且雄蝶天生比雌蝶的色彩还要惊艳。他冰蓝色的翅膀四周镶嵌着酷酷的黑边，在阳光下闪着金属般的光泽，显得强悍又绚丽。这是我见过的最大最健硕的雄蝶了，可称巨蝶，形体足足有我几倍大，怪不得我差点儿把他当成鸟儿呢。要是跟他搏斗的话，我肯定不是对手。那又怎样呢？哼，败在强者手下，我心甘情愿。

据说，大蓝闪蝶是蝶界的贵族，他们拥有一双神奇的梦幻彩翼，让所有的蝴蝶望尘莫及；他们的翅膀不但能采集光照，还能随着环境的改变，巧妙地变换出各种颜色，犹如孙悟空的七十二变。除了各种深浅不一的蓝色之外，还能变换出绿色、紫色、黄色等艳丽的色泽。反正，只要有阳光，大蓝闪蝶那对蝶翼就没有变不出来的颜色。若是碰上天敌，单凭大蓝闪蝶那对梦幻般的翅膀，就能亮瞎天敌的眼睛，令他们不战自溃。

　　一只雄蝶生得这么炫美，简直没天理，连傲娇的我都忍不住自惭形秽了。

　　大蓝闪蝶飞起来的样子，像一个蓝色的幻影。那蓝色，与我后翅上的蓝眼睛倒是不谋而合。我的心无缘无故地乱跳起来。他好像知道我在看他，不动声色地问："你有什么疑问吗，玫瑰水晶眼蝶？"

　　"哦，没、没有，你是、是我见过的最大的蝴蝶了！"我慌慌张张地回答。

　　"是吗？其实，智慧并不在于体积的大小，而在于内心的强大！"大蓝闪蝶淡淡地说，口气分不清是调侃、谦逊还是自嘲。

　　"听说，你们大蓝闪蝶有一种神奇的功能，不知是真是假？"为了掩饰我的慌乱，我只好没话找话。人家说，话越多的家伙其实越六神无主，看来是真的。

　　"那你说说看啊！"

　　"蝴蝶们都传说，在适宜的环境下，大蓝闪蝶的翅膀除了能变换颜色，还能幻化出一道神奇的彩虹，是真的吗？"

　　"我也不知道，因为我在飞的时候，从来都是看着前方，不会注意自己的翅膀的——我可没那么自恋！"他耸耸肩膀，幽默地回答。

　　我不敢再问下去了，因为越与他对答下去，就越显出我的笨拙与傻气。飞出了木槿山谷，获得了自由，却也让我渐渐失去了自信；看过了无边无际的天空，才明白了我的孤陋寡闻与小家子气。

我有些沮丧，看来在新的世界里，我必须要从头开始，否则就永远是一个没见过世面的傻丫头。我干脆破釜沉舟，将在木槿山谷的经历和盘托出，就像没喝魔法药水的蝴蝶，将自己透明的心亮在阳光下，无论是朋友还是敌人，无论想帮我还是想害我，都请自便。

在讲述的同时，我又好像历经了一场生死。还未结痂的伤口，没有谁愿意去揭开，因为太疼。但与其小心翼翼地猜测对方的用意，不如先亮出底牌，光明磊落地迎接挑战或者还击。

大蓝闪蝶听了沉默了很久。我看不见他的表情，因为他用半边翅膀挡住了。一片云飘过去了，两片云飘过去了，三片云飘过去了……好像过了一百年那么长，他问我的名字，我底气不足地告诉他，我叫追梦蝶。

"多美的名字啊！"他喃喃地说，"每只蝴蝶心里都有一个梦，可是敢于追梦的，却只有一个你。"听得出，他的声音有些颤抖。

这真是一只奇怪的蝶啊，他那么彬彬有礼，却又好像拒人千里；他看上去心不在焉，却又好像把听到的每句话都放在了心里。木槿山谷是个"女儿国"，我从来

没有过与异性接触的经历，所以，我捉摸不透这只又酷又帅的雄蝶的心思，用人类的话说就是，我还不知他算是个"好人"还是"坏人"呢。他阳光而又忧郁，在他身上，似乎闪耀着一种正邪相间的魔力。

"那您呢，请问救、救命恩人尊姓大名。"我磕磕巴巴地说。

大蓝闪蝶闻听，笑了："我有名字，但那是别人叫的。就烦请你给我取一个吧，取个吻合你真实印象的名字，哪怕取了仅仅你叫都可以。"我立即明白了他的意思，看似是让我取名，实际上是在考我，想看看他在我心里是啥样子呢。

好吧，正好我可以名正言顺地打量他了。我发现他不仅有华丽的翅翼，身材也挺拔修长。他穿着紧身衣，腰间扎着皮带，身佩宝剑，脚蹬一双精致的长靴子，有些像超人，或者传说中的白马王子。可是，我更愿意把他当作侠肝义胆、匡扶正义的骑士。所以，我毫不犹豫给他取名：骑士蝶。

"骑士蝶，好，正合我意！我愿意像骑士那样守卫家园，也乐于像骑士那样保护弱小的精灵，当然也包括你——水晶一样美好透明的追梦蝶！"

2. 花之谷

日暮时分，我随骑士蝶一起降落在一片花海之中。

那是一个不大的山谷，四周群山环绕，却不是那种陡峭险峻的山峰，而是圆圆的，像一个个线条流畅的大蘑菇。夕阳正红，给谷底的花草、牛羊都染上了一层母性的光辉。越往下飞，越生机盎然。笛声悠扬，鸟语花香，再神奇的画家也画不出这么曼妙的画卷。

笑意渐渐浮上了骑士蝶的脸，他加快了往下飞的速度，张开翅膀像是要尽情拥抱整个山谷。

骑士蝶说，这里是他的领地——花之谷，外界也称这里为无忧乐园。听了这个名字，我有一种说不出的喜悦，忐忑的心也一下跳回了肚子里：在这样和谐美妙的伊甸园，怎么会有邪恶存在呢？

在落日余晖里，震撼人心的一幕出现了：只见骑士

蝶那双硕大的蝶翼开始变换颜色：紫色、绿色、黄色、橙色……令人目不暇接，眼花缭乱。每种色彩的变换，都引起一片惊呼声——那是我们肉眼看得见和看不见的生灵们发出的。这变换如同飞机落地前的酷炫，又好像在警告天敌们：这里是我的领地，你们要是胆敢闯入，必有来无还！

如果不是亲眼所见，我将终生都会以为那是传说。

我们落在绣满了野花的草地上。这里很少有像木槿花那样的大花朵，都是些五颜六色的小碎花，会发光，还会发出像花丝那样纤细的音乐声。有一种小黄花格外调皮，她们摇头晃脑，会捉迷藏，还会眨巴眼睛。她们跳舞的时候，花瓣一会儿张开了，一会儿又闭合了，原来每朵花里都藏着一只小蝴蝶，她们是花朵的灵魂。为了迎接骑士蝶，她们在即兴表演节目呢！

也许因为骑士蝶的翅膀是蓝色的，我最喜欢这里的蓝色花：蓝紫草、鸽子花、风信子、风铃花……还有一种蓝色小花，长长的花丝从花蕊中探出来，像触角似的随风摇摆，花丝顶端，挑着一颗叮当作响的小星星。

我问骑士蝶这花叫什么名字，骑士蝶回答："星语勿忘我。"他小心地采了一朵递给我，说："抱歉啊，我舍不得采更多的花给你。因为这里的每朵花都是有生命的，它们还要生长，我没有权利剥夺它们开花的自由。"

我抿着嘴微笑："没关系，反正对一只玫瑰水晶眼蝶来说，一捧花太多了，一朵花刚刚好。"猝不及防地，手中那朵星语勿忘我花竟然动了起来，它摇晃着小星星，叮叮咚咚地奏起了音乐。

看我目瞪口呆的样子，骑士蝶笑了。他说："这里的每朵花，都像是一个顽皮的孩子。即使这朵花枯萎了，它的音乐还会传递给另一朵花，使它的乐声加倍地响亮。所以，在花之谷没有真正的死亡，只有'来不及长大'"。

很多蝴蝶正在远处载歌载舞，男女老少都有。他们看见了骑士蝶，就飞过来打招呼，恭恭敬敬地喊他"长官"或者"司令长官"，骑士蝶则挺身立定，朝他们致以军人的敬礼。他玉树临风的姿势酷帅极了。这儿的蝴蝶们都很淡定，没有谁因为我的到来大惊小怪，仿佛我只是来到了该来的地方，或者，这个地方就该来一个我。

一棵高挑的蜀葵花下，一位蝴蝶婆婆正戴着老花镜绣花，她抬头望了望我，笑呵呵地说："欢迎你啊，远道而来的小客人！你一来啊，咱们花之谷就好像变得更美了。孩子们，今天晚上咱们可要好好热闹一番，你们说是不是？"

　　"太好了，太好了！"就见一群小蝴蝶从四周飞过来，围绕着我们欢天喜地地跳着唱着：

　　"日将落了，日将落了！

　　他们睡觉了，我们醒来了，

　　幸福时光就要开始了，

　　月光女神快快降临吧！"

　　望着她们载歌载舞的身影，我不由得想起了慈母蝶，想起那些被猫头鹰蝶鞭打辱骂的蝴蝶姐妹们，这简直就是地狱和天堂。我庆幸自己逃离了地狱，再也不是那只苦苦挣扎的小奴隶，但我仍然不能不忧虑：姐妹们是否真的逃离了苦海？即使逃离了恐怕也是居无定所，无家可归，因为猫头鹰蝶背后还有黄蜂寨主，他们是不会善罢甘休的。

　　骑士蝶似乎看穿了我的心事。他告诉我，花之谷是蝴蝶们的乐园，没有杀戮，没有伤害，每只小生灵都生来平等。他是这里的最高长官，但不是统治者，而是护卫者。他的任务，就是率领卫士们守护花之谷的平安，让这里成为无忧的乐土。

　　说着，他带我来到一片开阔地，只见一队英姿飒爽的蝴蝶卫士们正在操练，他们都像骑士蝶那样，全副武装，身佩宝剑。他们齐刷刷将宝剑亮在晚霞中，头盔上的红缨迎风飘扬，帅得一塌糊涂。他们步伐整齐，气宇轩昂，不时变换着队形。不远处，还有一支乐队在敲锣打鼓地为他们伴奏，令人精神抖擞，正气凛然。

晚餐的时间到了，野花毯子上摆满了熟透的浆果、红酒和花蜜，男女老幼们围坐在一起，有吃有喝，谈笑风生。整个花之谷，就是一个大家庭，无忧无虑，其乐融融。

不远处的山脚下，有汩汩冒着的清泉，谁渴了，就飞到那里去饮几口，凉爽甘甜。泉眼旁，有身佩宝剑的蝴蝶卫士在守护，头上的古铜铠甲闪闪发光。骑士蝶说，蝴蝶卫士们世代守护在这里。一切都是原生态的，没有污染，如天地初生时的样子。所以这里的小生灵们很少有病灾。

晚餐后，月亮在圆圆的山谷上空升起来了，亮得能把人融化。各种小生灵们都端坐在花朵上，等着看蝴蝶仙子们表演。音乐响起来了，它们开始随着节奏不停地摇头晃脑，各种飞虫和鸟类也飞过来，叽叽喳喳凑热闹。

舞会开始了！色彩斑斓的蝴蝶们开始在月光里载歌载舞，促织和蝈蝈这些乐师们则抱着乐器，组成一个庞大的伴奏乐队，青蛙不时不合时宜地"呱"一声发个言，云雀和百灵鸟则不时地飙着高音，争当领唱。这样的场面谁见了，都会误以为是到了九天仙境。

　　主持人是一只滔滔不绝的金刚鹦鹉，他馊点子多，不时把欢乐的气氛推向高潮。他尖着嗓子，操着浓重的鼻音说："各位亲爱的朋友们，女士们，先生们，这样盛大的晚会，是不是我们花之谷难得的盛会？几百年来，花之谷的繁荣昌盛、宁静和平，是不是全靠蝴蝶卫士们的守护？"

　　立刻响起一片喊声："是！"

　　"那我们是不是应该请出咱们的守护神——最高司令长官蓝翅，和他尊贵的客人梦蝶小姐共舞一曲？"

　　又是一片异口同声的喊声，伴随着热烈的掌声："是！"

　　于是，骑士蝶将佩剑交给身边的卫士，然后拉着我飞到空中翩翩起舞，他的眼睛在月光中闪着星星，翅膀像披风一样潇洒不羁。下面，乐队的伴奏更加卖力，一个个摇头晃脑怡然自得。花朵们更是乐不可支，此起彼伏地发出多彩的亮光，将山谷照彻得亮如白昼。

　　各种小生灵们，几乎将所有爪子都用来鼓掌了。

　　要不是逃出了木槿山谷，我怎会知道世间还有这样美妙的夜晚？我希望这样的时刻无限地长，可惜，我目前的处境承受不了这样的欢乐……

　　第二天早晨，我就决定要告别了。骑士蝶问我能不能留下来，我沉吟一下回答："这里再好，也不是我的家园。"

骑士蝶显得有些失望，他问我到哪里去，我的眼神立即就黯淡了："我也不知道……我刚刚获得了自由，不知该往哪里飞，天空又大得令我茫然。但我知道，只有不停地飞翔，才是一只蝴蝶存在的意义。"

我的话似乎戳到了骑士蝶的痛处。有时，他像谜一样难以捉摸。他沉默半晌，低声说："如果你觉得这里不是你的梦想之地，那就请离开吧，追梦蝶！"

我赶紧解释说："请原谅，我并不是不喜欢这里，这里对我来说已经是天堂了。只是，每只蝶只有投入辽阔的天空去搏击风雨，才能真正变得无敌。世界那么大，我想去看看！"

骑士蝶善解人意地点点头："你没错。每一只蝴蝶都应该离开故乡，到外面去闯荡闯荡；只是，你这样没有目标，孤单飘零，跟堂吉诃德与风车作战，有何区别？"

我顿时面红耳赤，心里承认他说得对。

"的确，这里只是一个小小的蝴蝶部落，不值得你停留。不过，飞翔总得有目标和方向啊，你愿意听我一个建议吗？"

我忙不迭地点点头。

"听说，在古老中国有个蝴蝶王国，叫蝶之国，是一只叫老绿虫的蝴蝶和一位红纱精灵建立的。那里，是

蝴蝶们最好的家园和归宿。要去，你就去那里吧！"骑士蝶郑重地说。

老绿虫？难道真的是他——慈母蝶的哥哥？他竟然真的还活着，并且从高山王国飞回，建立了理想的蝴蝶王国？这太神奇、太不可思议了！我惊喜得不知所措，拉着骑士蝶旋转起来，未来的方向刹那间尘埃落定。

我这才说出了我的真实隐忧：我之所以不敢停留，急不可待地要飞走，既是为了完成慈母蝶的遗愿，也是为了寻找梦想的王国，为木槿山谷的姐妹们寻一条出路，好让她们将来有个寄身之地，不至于无家可归。没想到，他的建议，让我的几个目的完美地合而为一了！

"你大概没想到，这是我连夜派人去给你探听的消息吧？其实，我已经猜到了你的心事，也料到你会告别。"骑士蝶微笑着说。

原来如此！我兴奋得几乎得意忘形了，竟然用手捶了一下骑士蝶的胸膛，提议他跟我一起寻找蝴蝶王国去！

骑士蝶的脸色顿时变得黯然，就像刚才的我。他低声说："不，我不能离开这里，你只看到了花之谷表面的和平美丽，却没看到，这里还有很多老弱病残，还有天敌们的虎视眈眈……"

"可是，我在这里一点没觉察到天敌们的威胁啊！"我没心没肺地说。

骑士蝶苦涩地笑了："那是因为有我们的日夜守卫，他们不敢贸然闯进这片领地而已，他们窥视这片山谷，已经不是一天两天了。他们也曾有大规模的攻打，只不过被我带人打败了。守护花之谷，是我的使命和天职，我不能离开它，尽管我也曾经像你一样，有过伟大的梦想，甚至还曾幻想过征服世界……"

我不由得想起第一次见到骑士蝶时，他说"每一只蝴蝶都有一个梦想，但敢于追梦的，却只有一个你"，顿时明白了。可是，难道我们只能就此别过了吗？

没想到，他却表示可以护送我一程。因为周围有许多危险和陷阱，只有他了如指掌。等护送我到了安全地带，他就可以放心地回来，继续履行他的天职了。这对我来说，简直是意外惊喜。

骑士蝶接过卫士递过来的宝剑，一丝不苟地佩戴在身上，深情地回望了一下繁花似锦的花之谷，然后，他像绅士那样彬彬有礼地做了个"请"的姿势，"勇敢的小姐，现在由本骑士护送你踏上空中旅途，虽然护送也有尽头，但起码我可以为你蹚平障碍，陪你一起飞过危险，请吧！"

他滑稽的样子引得我"扑哧"一笑，他也笑了。

　　鸟语花香的花之谷上空，两只蝴蝶手拉手翩翩飞起来了。我听见另一个自己说，看来，奇遇、历险要真正开始了！

3. 魔镜湖

你可知道，结伴同行和孤单飞翔，是多么不同吗？它产生了双倍的信心、勇气和欢乐。有骑士蝶陪伴，枯燥的旅途也变得妙趣横生了。我甚至希望时间能过得慢些，好让他多陪我飞一程。但这个自私的想法，可不能让他看出来。否则，花之谷的所有蝴蝶都会骂我的。

不知飞了多久，晴空里突然刮过一阵莫名其妙的狂风，骑士蝶喊声"不好"，忙挽住了我的翅膀，即使这样，我们还是被大风吹出去好远——蝴蝶的体重毕竟太轻了，一万只相挽也不过是一万片树叶。

等这阵妖风好歹过去，还没等我们回过神来，翅翼下突然出现了一片大湖，它蔚蓝无际像幽深的天空，我只低头看了一眼，就突然头晕目眩，摇摇摆摆地往下坠去！

骑士蝶失声喊着："坏了，我们一定是被吹到魔镜湖的上空了！"

我顿时周身发凉。慈母蝶生前曾经提起过这个湖，说它有魔力。它会像磁石那样吸引着你，让你产生幻觉，然后诱惑你沉沦，跌入万丈深渊，甚至让你被自己的影子迷住，刹那间沉入湖底，万劫不复。所以，所有的有翅生灵，都尽量避免经过它的上空。

"那怎么办呢？"我慌了，我能感觉到自己正和骑士蝶一起身不由己地往下坠去，还是忍不住又往下看了一眼，这一眼是致命的：我看见整个湖就像猫头鹰蝶的脸，她正在一张一合地狂笑，只是没有声音！

霎时我像中了魔法般浑身冰凉，身体几乎不听使唤，只好用尽全身力气呐喊一声："救我！"

骑士蝶闻声几乎将我提了起来，他快速地命令说："闭上眼睛，忘记那个湖，什么都不要想！"

"可是，我满眼满心都是一片蓝色，我分不清哪是湖泊，哪是天空！"

"如果你不能摆脱幻觉，那就把它想象成我蓝色的翅膀吧，快！"

听了骑士蝶的话，我顺从地闭上眼睛，拼命挣脱猫头鹰蝶那张狰狞的脸。于是，那一片深不见底的蓝色，渐渐变成了骑士蝶那闪着金属光泽的蓝翅膀，它扇动着，那么优美又强劲……渐渐地，那种头晕目眩的魅惑感消失了，我睁开眼睛，看见了蓝的天，白的云，和身边正紧张盯着我的骑士蝶。

见我清醒了，他松了一口气，说："记住，以后飞起来的时候，尽量少看地面，多看天空。对我们蝴蝶来说，那些最美丽的事物，永远都在头顶。一只蝴蝶只有盯着高处，才会飞得更远、更久！"

于是，我昂起头，尽力往高处飞去，这时候，我竟然觉得自己是一只骄傲的鸟儿，直上云霄。

终于，我们一起飞离了魔镜湖的上空，也第一次明白了什么叫战战兢兢，如履薄冰。

这下，总算可以长吁口气，轻松自如地聊几句了。大概为了平息我刚才的惊悸，骑士蝶开玩笑地夸赞起我的翅膀，说透过它，可以看见下面起伏变幻的大地。他相信有透翅的蝴蝶，也会有一颗同样通透的心。

我有些不好意思，说："骑士蝶，原来你不仅是位绅士，还是诗人和哲学家呢。"

"这也曾经是我的梦想，可是如今，我却只能算是花之谷的一名古板的守护者了。"

"花之谷虽然小，却也是一个小小的王国呢。我觉得你就是英雄，牺牲了自己，却守住了一方平安！"我由衷地赞美说。

"那么，如果是你，你愿意像我这样吗？"

"不愿意！"我回答得干脆利落。

"为什么？"骑士蝶有些诧异。

"因为我的目标，永远在远方，不会只为一个地方停留。"

"我明白了，我们注定是两只不一样的蝴蝶。"骑士蝶点点头，笑得有些伤感。我很自责又触到了他的痛处，忙嗫嚅着道歉："对不起，我是一只自私自利的蝴蝶，没有你高尚。我生来是不自由的，但是我不顾一切争取到了；而你，生来是自由的，却为了花之谷选择了放弃。"

骑士蝶摇摇头说："你没有那么自私，我也没有那么高尚。飞遍天下，也曾经是我的梦想。所以，我也正好借护送你的机会，体验一下。"

正在这时，一支银箭突然带着"嗖嗖"的风声飞过来，我还没弄清怎么回事，就听骑士蝶大喊着："闪开！"他推了我一把，于是那支箭，便准确地射到了他的翅膀上。

骑士蝶疼得摇晃了一下，猝不及防地从半空中往下跌去。

"天哪！哪个该死的！"我忙往下冲，用我的小翅膀托住他那像鸟儿一样的大翅膀，"你没事吧？"

　　我感觉他抖得厉害，可是他依然说："没事的，不知是谁……这么调皮！"

　　我吃力地托着他缓缓往下降落，感受着他翅膀的战栗，也听见他的心跳声，渐渐地不堪重负。这是我第一次和一只小雄蝶飞得这么近。我曾经说过，我宁愿在阳光下光明正大地中箭。可是，看到骑士蝶光天化日下中箭的痛苦，才知道这句话多么没心没肺。

　　半空中，有几只鸟儿凑过来探看，也许这样的场面让他们觉得浪漫，却不知一只小蝶托着一只大蝶，是多么危险。只要我们的翅膀稍一倾斜，就可能是万丈深渊；稍有不慎，就可能被大风刮回魔镜湖去。

　　更可恶的是，我还听见一只幸灾乐祸的老鸹在呱呱地笑。也许，我们狼狈的样子会成为他一天的笑料。

　　渐渐地，我看到树梢了，看到摇头晃脑的小花了，看到我们落在花瓣上的影子了。在即将落地的时候，我看到一个拇指大的小人儿，正在地面上奔跑。他赤裸着黝黑的上身，蓬头垢面，背有些驼，就像蝉龟脱壳时那样；他腰里围着几片破树叶，像原始人那样滑稽。

　　更可笑的是，他边跑还边对着天空摆出一副弯弓搭箭的姿势，看见我们飞过来，阴影几乎将他的身影覆盖，他慌了，撒腿想往别处跑，被一块小石子绊了一跤，摔了个狗啃泥，那只弯弯的破弓也摔出去好远。

　　我怒气冲冲地喊着："你这个罪魁祸首，哪里逃！"哪知道他还死不悔改，连滚带爬地摸到箭，冲着我们又要射，这时，我已经扶着骑士蝶平稳落地了。

　　那个拇指黑人显然吓坏了，可是，他还是属啄木鸟的——嘴硬，结结巴巴地辩解着："俺、俺还以为，他、他是只大鸟呢，哪想到还、还有这么大的蝴蝶……"

　　"你把蝴蝶当大鸟，是眼睛瞎了，还是被太阳晒糊涂了？"我安置好骑士蝶，准备狠狠地教训他一顿。

　　"这里是俺、俺们拇指部落的领地，你们凭啥降落？"

　　"不是你将我们射下来的吗？"

　　"这里是俺们的领空，你们凭啥飞过？"他继续强词夺理。

　　"你个地上的管得着天上的事儿吗？"我破口大骂。

　　拇指人反而更加神气活现："俺是天底下的猎人，护卫领地和领空是俺的职责！若有侵犯，虽远必诛！"

　　"什么，天底下？"

　　"是啊，俺们这里叫作天底下！"他自豪地挺着胸脯，显得又蠢又萌。

　　"天底下，哈哈哈，一只拖鞋大的地方，名头还不小！"我气急败坏地笑起来。这时，骑士蝶发出轻微的一声呻吟，我回头一看，他那只插着箭的翅膀一个劲地抖动，我忙给他垫上一片树叶，然后，用牙咬着那根银箭，用尽吃奶的力气才将它拔出来，自己也累得摔在了地上。

骑士蝶疼得脸都变色了，仍一声不吭，不愧是"钢铁卫士"。

"你这个挨千刀的，待会儿我再收拾你！"我边扶着骑士蝶，边骂着拇指猎人。

"算了，误会而已。"骑士蝶忍着痛，勉强笑着劝我，又对拇指猎人说，"既然你和我一样，都是守护自己领地的卫士，那我不怪你。你走吧！"

拇指猎人闻听，呆了呆，突然一拍脑袋，撒腿就跑，那张破弓也不要了，那几片围在他腰间的破树叶忽哒忽哒地，眨眼就跑得无影无踪了。

第四章

拇指部落

1. 拇指猎人和阿黑弟

面对着受伤的骑士蝶，我一筹莫展。他的翅膀被射中的地方，不停地流出淡黄色的血。我们蝴蝶拥有如此艳丽的翅翼，血却几乎是透明的，就像人的眼泪，淡淡的。

"你不会死吧？"我无助地问，不知所措。

"不会的，别忘了我是……钢铁卫士，怎么会那么容易就死。况且，我只是，中了针尖那么细的一箭，没伤到要害，就等于衣服破了，缝了一针……"骑士蝶哆里哆嗦地说。都这种时候了，他还强撑着想逗我一笑。而我的眼泪，却不争气地滚出来，将苦心塑造的女战士形象冲得无影无踪。

这时候，却见那个拇指猎人又跑回来了，他骑在一只大蚂蚱的背上，肩上扛着一片带锯齿的大叶子。那种大蚂蚱被称为"蹬倒山"，因为他的后腿强健有力，人们就夸张地形容他能将一座山蹬倒。

这个傻猎人竟然还敢回来送死？我的火气腾地又上来了，跳起来要拍死他。他却腿脚伶俐地从大蚂蚱背上跳下来，将扛着的叶子放到一旁，原来是一片芦荟，叶的边缘全是毛刺，将他的脊背脖子都扎红了，天知道他扛来做啥？

看来，拇指猎人并不太傻，他见我冲到他头顶盘旋，知道我不好惹，忙冲我抱抱拳，用他那奇怪的土话哇哩哇啦地解释着："对不住啦，误伤了这位勇士，阿拉嘿！听说，他是位守护家园的卫士，那与俺们猎人也算是同行了，阿拉嘿！俺要救他，请蝴蝶小姐行个方便吧，阿拉嘿！"

拇指猎人一连串的"阿拉嘿"让人哭笑不得，天知道是啥意思，也许只是个语气词吧！

"救，咋救？把射到他翅膀上的箭，再拔出来射到你身上吗？"我的伶牙俐齿可不饶人。

"俺有止血秘方，请、请放心吧，阿拉嘿！"拇指猎人说着，就将芦荟叶子放在一块石头的凹槽里，跪着用棍子捣起来，他裸露的脚掌又厚又硬，像鞋底一样。这也难怪，看来他是常年赤脚在石头和荆棘上奔跑的，脚板就等于鞋子了。

　　蚂蚱看猎人满头大汗地忙活，也用他的长爪子碍手碍脚地帮着忙，一不小心，就被猎人捣了一棍子，疼得他蹦了几蹦，差点儿蹦到骑士蝶的伤口上，我毫不留情地用翅膀将他扫了下去。

　　芦荟叶很快就被捣成了一摊绿色的汁液，拇指猎人将汁液掬到骑士蝶的伤口上，血很快就止住了。骑士蝶显然被刚才的疼痛折磨坏了，他只说了一声谢谢，就歪过头睡着了。都这种时候了，他还那么绅士。

　　拇指猎人擦着满头的汗，把那张黑脸涂抹得花花绿绿的，像印第安土著。别看他长得像蒲棒那么一丁点儿大，胡子倒是很蓬勃，几乎将整张脸包围了。如果他长得跟正常人那么高大，那得多彪悍呀。再看他那身不伦不类的装束，更让人哭笑不得，那几片遮羞的叶子在奔跑时掉了几片，露出半片屁股蛋子，你见过哪个猎人这么狼狈的？

　　我没忍住，"扑哧"笑了。

　　拇指猎人这才发现了自己的窘态，顿时面红耳赤，忙跳上大蚂蚱跑远了，边跑还边用手遮着屁股。

　　我几乎笑岔了气，笑完后才感觉饿了。举目四望，才发现周围的树上结满了累累果实。有的还泛青，有的已经熟透了，将树枝都坠得弯下来。如果说，骑士蝶的花之谷是花的王国，那么这里就是果实的天下了。我看得直犯愁：这么多果子，啥时候能吃得完呢？

我飞到一只果子上，抱住它，用吸管吸了半天，那些不停往外涌的汁液，灌得我直打喷嚏。这时，我才感觉浑身发痒，原来，那些树叶全都生着锯齿，将我的翅膀划成了纵横交错的地图。

看来，这果子也不是白让人吃的。你想享受它的美味，就得付出代价。

我小心地将周边的叶子扒拉开，想摘一只果子带下去给骑士蝶吃，却发现根本摘不下来，即使摘下来也抱不动。要是直接将它摇落在地上的话，估计也摔成一团烂泥了。

怎么办呢？我一筹莫展，骑士蝶屡次保护我，可是我吃饱喝足了，他却只能眼巴巴地躺在下面挨饿。我很沮丧，第一次感到自己很没用。

这时候，地上突然跑过来一个拇指人，他很年轻，赤裸的脊背黑得发亮，浑身都是腱子肉。他抬头，见我抱着一只熟透的果子在发呆，瞬间就明白了，噌噌地爬上来，从腰间抽出一个东西。我一看，原来是把大砍刀。我下意识地躲了一下，小黑人却朝我亮出洁白的牙齿，笑了。

小黑人挥舞着大砍刀，梆梆地朝着果实粗壮的梗子就砍起来。

我忙说："嗨，别砍了，你就是把它砍下来，一落地还不是摔烂了！"

他不理我，也不怕那些带锯齿的叶子。这时，我才发现他的皮肤厚而有弹性，那些锯齿只能在他身上划上浅浅的一道，瞬间就没了痕迹。

他几下就差点儿将果实的梗子砍断，果实歪斜着眼看就要坠下来，急得我大呼小叫。小黑人不慌不忙地将砍刀往腰间一别，然后"咔嚓"一声将梗子掰断，用头顶着比他大几倍的果实蹭蹭地下了树。

我也急忙飞下来，看他要干啥。

只见这小黑人飞快地跑到骑士蝶身边，将果实放下来，冲着他笑。见骑士蝶毫无反应，这才发现他还在酣睡。小黑人急了，蹲下来将骑士蝶摇了又摇，终于将他摇醒了。

我忙落到骑士蝶身边，我很介意小黑人腰间的大砍刀，在这样的原始部落，我必须提防他们随时可能爆发的野蛮行为。见我飞来，小黑人就朝我比比画画，露出一口白得耀眼的牙齿。我明白了他的意思，是让骑士蝶赶紧将这颗新鲜的果子吃了。

我扶起骑士蝶，让他将长长的吸管刺入熟透的果实，吮吸那些甜美无比的汁液。

那个小黑人也坐了下来，在一边静静地看着，间或冲我羞涩一笑。他像那个猎人一样浑身黝黑，可是却黑得干干净净，富有弹性的皮肤细腻如绸缎。更与众不同的是，他腰间的树叶竟然还缀着细碎的小白花，看上去有一种别样的浪漫。

这时，我才发现，这个小黑人长得真精致，简直就是上帝创造的艺术品。他蜷曲的头发，编成一条条细细的小辫子；他的眼睛又大又亮，眼睫毛很长，嘴唇肥厚饱满，立体的五官和着投下的阴影，如一幅妙笔天成的雕像，浑身散发着一种原始、天真却又浑然不觉的美。

可是，他为什么不说话呢，难道，他是个哑巴？

我没敢问他。慈母蝶曾经教导过我，有些事，心知肚明就行了；有些话，一出口就会戳中人家的伤疤，哪怕是人所共知的事实，也没必要用追问来证实。因为，那会字字诛心的。

我用目光跟骑士蝶交流，却发现他早已发现小黑人的秘密，可是他不动声色，只是友好地冲小黑人点点头。小黑人露出满口白牙齿，又笑了。

他这一笑，连阳光也变得暗淡了。

我没有问他叫什么名字，因为我知道他无法回答。微笑就是他最好的语言，价值千金。

等骑士蝶将那只果实的汁液吮吸完了，小黑人也站起来，搓着手笑盈盈地看着我，看来是要告别了。我

朝他伸出手："嘿！我来自我介绍一下好吗？我叫追梦蝶。我也想给你起一个名字，就叫阿黑行吗？你看起来比我小，我就叫你阿黑弟吧！"

他无疑对这个名字很满意，兴奋地搓着手，连连点着头，双眸放光。

这时，我才发现他脖子上挂着一只雕刻过的果核。那是只两头尖尖的椭圆形果核，不知来自什么果实，上面刻着九只燃烧的太阳；太阳的烈焰下面，是骑着猛犸挥舞着宝剑的将军；后面是吹着号角、擎着旗帜的士兵，一个个气势逼人，无所畏惧。这画面描绘的，大概是出兵征伐泛滥成灾的太阳；故事的来源，可能就是这个部落口口相传的史诗。

这声势浩大的画面，竟然雕刻在一只果核上。更奇异的是，那位号令千军万马的将军，帽子上竟然还插着一朵野花！这雄奇壮观的场景，竟还有这样细节的浪漫，可见雕刻者的内心是多么柔软。要怎样美的灵魂，才能刻出这样美轮美奂的画面？

见我盯着那只果核看，阿黑弟忙从脖子上将它摘下来，双手捧着虔诚地递给我。见我笑着摇头，他有些急了，呀呀比画着，要往我脖子上挂，我忙指指那尊玉观音，让他明白我的脖子已经被她占据，再也没有位置了。他好像不解其意，也并不认识观世音菩萨，我只好笑着推开他，飞回骑士蝶的身边。

　　阿黑弟挠挠头，有些难为情地笑了。他将那只果核小心地挂回自己的脖子，冲我俩挥着手，一步步倒退着离去，一不小心，差点儿被一截树茬儿绊倒，他更加不好意思，转身捂着脸跑远了。

　　我和骑士蝶都忍不住笑了，这个阿黑，是我见过的最羞涩可爱的小人儿，他沉浸在自己的世界里，好像永远不懂得悲伤。看见他的笑容，就会遗忘世上所有的危险与苦难。

　　与阿黑相比，骑士蝶则是文明世界的王子，他在任何时候都保持着骑士的风度，绅士的高贵，但在他文质彬彬的笑容后面，却深藏着不为人知的遗憾和忧伤。花之谷的生灵们习惯了他保护神的角色，却不曾想到他的牺牲，甚至他为此不得不放弃的梦想。

　　也许，在有翅生灵的世界里，除了我——一只倔强执着的追梦蝶，没有谁能真正理解骑士蝶的无奈吧？

2. 篝火神话

没想到，拇指猎人的秘方还真管用，骑士蝶在石头上睡了一觉后，伤口竟奇迹般地愈合了，连疼痛也消失得无影无踪。

日落时分，我们栖身的石头上还留着夕阳的温度。我从没见过这么好看的石头，上面有风吹雨打的纹路，还有藤蔓植物枝叶的印痕，斑驳陆离，几乎可以与花朵媲美。骑士蝶说，这可能不是普通的石头，而是珍贵的化石了。

月亮升起来了，如冰轮澄澈。越来越多的拇指人围拢过来，坐在石头四周，点燃了篝火。头顶，有很多萤火虫提着灯笼，飞来飞去地看热闹。它们脖子上挂着小铃铛，叮铃作响。

拇指猎人坐在他的同类中间，咧着嘴巴傻乐。他依然赤裸着上身，但是腰间换上了新鲜的树叶，这大概是他最像样的衣服了。更神奇的是，他的粗脖子上竟然也挂上了一只大果核，上面刻着一位强壮的射手，正骑在一只怪兽背上，弯弓搭箭，仰头欲射天上喷吐着火焰的太阳。那太阳和阿黑弟果核上的太阳异曲同工，也好像是他们共同的敌人，或者敌对方的图腾。

果核上的弓箭手无疑是他自身的写照。那么，这枚果核是他作为猎人的荣誉勋章，还是哪位姑娘送给他的定情之物？

看得出来，其他的拇指人也都特意打扮了一番，他们腰间的树叶五花八门，但看上去都很新鲜，有的甚至还穿上了草鞋子。女性的脖子、手腕和脚踝上，戴着石头或者植物种子串成的项链，都经过了打磨雕刻，虽然不怎么精致，却自有一种原始而粗犷的美。这大概是这个原始部落最高文明的象征了。

我还发现，这些拇指人很容易害羞，女性怀抱孩子喂奶的时候，会用一片大树叶遮挡。那树叶也十分好看，像一朵六瓣的花。

这时，阿黑弟也咚咚咚咚地跑来了。他腰间当然也换了全新的树叶，缀着更妩媚的小花，散发着清新的香味儿。看来，他比这里的每一个人都讲究。他的眼睛亮亮的，露出白牙齿冲我和骑士蝶一笑，就挤过来一屁股

坐在了猎人身边，脖子上那只雕刻着九个太阳的果核摇
摇荡荡。

阿黑弟在旁边这么一坐，就把猎人对比得更加粗陋
了。显然，他看上去不大高兴，鼓起嘴巴，赌气地往旁
边挪了挪。阿黑弟却毫无觉察，亲昵地用胳膊肘捣了他
一下，悄悄递给他一枚果子。

猎人也不客气，扔到嘴里草草咀嚼几下就咽了下
去，然后继续傻呵呵地望着我们。这个傻猎人，就是这
么喜形于色，所有人都善意地笑了。

这时，我和骑士蝶才知道，阿黑原来是猎人的亲弟
弟，但是，这兄弟俩，除了那黑得发亮的肤色，真不像
一个母亲生的。一个如此精致，一个却如此粗犷，好像
是上帝造人时开了个玩笑。而他俩脖子上的果核，听说
是阿黑亲手雕刻的，简直难以置信，连话都不会说的阿
黑，内心深处究竟住着一个怎样美好的精灵，才会如此
心灵手巧？

相信每一个见过那两枚果核的人，都会为之深深地
赞叹和震撼。

猎人滔滔不绝地讲述着将我们射下来的过程，显得
十分得意，而那些拇指人听得也很入迷。我悄悄地给猎
人起了个名字：阿憨。

阿黑弟不时崇拜地望着哥哥，再望望我和骑士蝶，

他的眼睛就像被月光洗过那么干净，又亮得出奇。看得出来，这些拇指人跟外界接触很少，今天发生的事情，对他们来说不亚于一个神话。

骑士蝶看着他们，又露出谜一样的微笑。也许，他又恍惚回到了自己的花之谷吧。流泻的月光，给他英俊的五官镀上了一层柔和的光晕。那些拇指人围拢过来，小心翼翼地抚摸着他的翅膀，无疑，他们从没见过这样又大又酷的蝴蝶。大蓝闪蝶，世上最美的蝴蝶，可不是浪得虚名。

看那么多粗糙的手抚摸他那对翅膀，我真担心他那会发光、会变色的鳞片会被摸坏。可是，骑士蝶依旧若无其事，谈笑风生。无论身处怎样的环境，他都沉着淡定，善于跟周围的同类甚至异类交流，从不拒人千里。我发现，阿憨甚至亲热地搂着他的脖子，与他称兄道弟，毫无顾忌。

"叮铃铃"，那些萤火虫也提着小灯笼围过来了。可能是这些活泼的小精灵激发了骑士蝶的激情，只见他的翅膀瞬间也亮了起来！各种颜色轮流变换，简直比梦还要绚烂，照亮了森林的夜空，令人目不暇接。四周的拇指人们，个个目瞪口呆，阿憨惊得连连后退，他的嘴巴张得像只大河马，直到骑士蝶的翅膀像火焰一样渐渐熄灭，也没有完全闭上。

　　拇指人们开眼了！他们把骑士蝶视为神灵，围着他狂歌狂舞，发出"哦哦"的惊叹声。无疑，他们从没见过能发出各种光芒的蝴蝶，尤其是在夜里发光的蝴蝶。

　　一曲跳完，他们又坐了下来。这次，他们离得我们很远了，将我们众星捧月似的围在中间。大概是因为敬畏，不敢靠我们太近，阿憨更是变得缩头缩脑，他满脸崇拜，又好像在为自己刚才的冒犯后悔。只有阿黑弟仍像白天那样，热忱地凑上来，将手里一枚攥得汗津津的小果子双手捧给骑士蝶。我有些替阿黑弟紧张，因为骑士蝶可是个有洁癖的绅士啊。令我意外的是，他竟然毫不嫌弃，双手接过认真地吮吸起来。

　　阿黑开心地笑了。

　　原来，这是个只有近千人的拇指部落。他们祖祖辈辈生活在原始森林里，追逐着河流，砍柴捕鱼打猎，安分守己，除了不得已的迁徙，从不敢有远行的念头。平时，他们都像鸟儿那样住在树上。

　　我暗想：这真是奇闻啊，尽管他们长得小，也算是人类啊，怎能住在树上呢，刮风下雨时，还不得像刮枣子似的被吹落一地？

　　聪明的阿黑看出了我的疑问，他热心地拍拍我的肩，用手指着树上的"阁楼"让我看。那是些高耸的花树，长得奇奇怪怪，树冠很大，花朵也很大。一朵大花的下面，就足以住一家拇指人了。花朵散发着一种说不清道不明的气味，没法说是好闻还是难闻，反正是一种仿佛自远古遗留下来的味道。

阿黑他们家就搭在花叶掩映的枝杈间，类似于鸟巢，只不过上面搭了几块遮风挡雨的木板。从地面到阁楼，从树到树，都搭着粉黛乱子草编的梯子，四通八达，可以四处攀爬。

阿黑冲我比画着，邀请我去他的"阁楼"看看。他爬得比我飞得还快。只见阁楼前挂着那两样标志性的工具：阿憨的弓箭，阿黑的砍刀，还有几张不知什么野兽的皮；阁楼里简单得连张床都没有，只有几个草编的篮子和一只陶罐。见我伸出大拇指，阿黑弟忙挺了挺胸脯，显得无比自豪。

爬下来时，阿黑又朝族人们比比画画，大概是炫耀我们间的交情，还有我给他取的名字。阿憨看了，又不高兴了，脸拉得老长，显然是嫉妒自己的弟弟被宠爱。阿黑跑过去，又用胳膊肘拐了他一下，阿憨只好咧开大嘴巴笑了。

哈，这哥俩，真逗！

这是个开心的夜晚。旅行让我在别人的故乡被奉若上宾，让我看到这新鲜的一切。还有这些从没见过的树，甜美无比的果实，我对后面的旅途越来越期待

了。骑士蝶悄悄地说，以后你飞的地方多了，见的稀奇事儿将更加数不胜数，但请不要忘了此刻，不要忘了花之谷！

篝火边，拇指老人们抽着苔藓烟，淡淡的香气四处弥漫。他们有的牙齿掉光了，有的头发掉光了，有的被白眉毛遮住了眼睛，浓密的胡子长又长。

有位老人家坐在他们中间，深邃的目光，像从远古望过来，有个孩子从母亲怀里挣脱，正试图去揪他的白胡子。他的胡子与头发也是编成小辫子，但与众不同的是，他耳朵上戴着一只大耳环，脖子上还戴着一只大项圈。原来，他是这个拇指部落最尊贵的酋长。

拇指酋长说话声音高亢洪亮，与他的体型不成正比。他说："两位都是闯荡江湖的勇士，是见过大世面的旅行家！哪像我们，孤陋寡闻，闭关自守，只有在迁徙时，才能走出这方圆十几里的地儿！"那些拇指人随声附和着，说像我俩这样"空降"的来客，百年难遇。如今见了，也算见世面了。他们认定我俩是上帝派来的天使，给他们带来外界的消息，使他们就像亲身去外面走了一趟一样。

对他们来说，外面的世界像谜一样神秘莫测，他们做梦也梦不出它的模样。离这儿不远，就是魔咒般的魔镜湖，那是一道无法逾越的屏障，将他们与外面隔绝。

谁也没有勇气跨过它，到未知的远方去。在他们心目中，外界也许是地狱，也许是天堂。

我看看阿黑和阿憨兴奋的脸，不由感到深深的遗憾和悲伤。我庆幸自己是一只会飞的蝴蝶，能看到他们无法企及的风景，还能遇到侠肝义胆的骑士蝶。

拇指酋长说，他们也曾经渴望像蝴蝶或者鸟儿那样飞向远方的，可是，他们生不出翅膀。每个物种都需要经过亿万年的进化，才能有本质的改变。作为一个拇指人，他们实在不该有太多非分之想。捍卫着这片领地不被外来物种侵占，拇指部落能祥和平安，人口稳定繁衍，他们便心满意足。

这真是一个老实本分的部落啊！骑士蝶悄悄附在我耳边问：“你喜欢他们吗？”

我使劲地把头点了点。

“那如果让你留在这里，你肯吗？”

我使劲把头摇了摇。作为一只不安分的追梦蝶，我宁肯接受魔镜湖的诱惑，也不要这种闭关自守的生活。但是，看到那一双双原始、明亮，又被渴望点燃的眼睛，我还是忍不住地爱上了他们。我那颗因追求自由而逐渐强大起来的心，在颤抖。

我悄悄对骑士蝶说：“明天的太阳一升起，我们就动身吧！”

　　骑士蝶疑惑地望着我。我说："我怕再待下去，就失去斗志了！"

　　月亮走远了，篝火也淡了，拇指部落的人们开始恋恋不舍地告别。一群群萤火虫在头顶，殷勤地打着灯笼为他们照明。

　　阿黑弟边走边频频回头，他的笑容依旧那么璀璨，没有一丝悲伤。可是，他雕刻的果核，他那缀满鲜花的树叶裙，却令我感到他和他的族人们是如此不同。他懂得美，他内心深处有些东西，先于他们觉醒了，所以他的心里肯定比他们多一种渴望，甚至有个梦想正在萌动，也许用不了多久，它就会发芽。

　　可惜，他有嘴，却说不出，更无法将它付诸实现。在这个混沌未开的原始部落里，他也不可能有真正的知音。可怜的阿黑弟，他才是真正的绝世孤独啊！我为这个看上去无比单纯却又有口难言的阿黑弟，感到说不出的悲伤。

　　在苔藓烟和篝火灰烬的气息中，我和骑士蝶迷迷糊糊睡去了，在那块化石上。

　　梦中，我去拜见上帝，祈求他送给阿黑弟一条能说话的舌头，一双能飞向远方的翅膀。

3. 燃烧着太阳的果核

清晨的霞光透过累累的果实，照射在我和骑士蝶的翅膀上，这是一天中最美的时刻，万物都闪耀着崭新的光芒。我们也该飞走了。但当我最后一次打量着这个原始部落，却不由得大吃一惊！除了周围那些繁茂的植物，什么都不见了，只有那些草编的梯子，像一条条辫子在微风中摇摇晃晃！

那些皮肤黝黑眼神深邃的拇指人呢，那些花树上简易的阁楼呢，羞涩的阿黑和粗犷的阿憨呢，难道真是一场幻梦吗？但看看石头四周，分明还留着昨晚燃烧过的灰烬，还有指甲大的凌乱脚印，甚至还有不知哪个拇指婴儿掉的一只草鞋。

我失魂落魄地飞来飞去，不知这是怎么了，难道在不声不响之间，这里突然发生了一场浩劫？但看周围的

环境，除了凌乱之外，并没有打斗挣扎的痕迹呀。

我将满是疑问的眼神投向骑士蝶，他神色淡定，在他的眼神里，我看不到丝毫的疑惑。

在大石头下面，我发现了一只草编的篮子，里面装满各种鲜艳的红浆果，每只都不一样，却个个晶莹剔透，看一眼，口水就忍不住直往外涌。不管它了，不管世界发生过什么，也不管这是不是毒果子，先尝尝鲜再说吧。我抓过一只奇怪的菱形果子吮吸起来，又酸又甜，汁液四溅，忙又抓了一只递给骑士蝶。

我贪婪地吮吸着，恨不得将一生的果实都在这里吃完。也许，以后再也不会吃到这样的奇珍异果了，可惜自己只有一个肚子。

在篮子底部，我看到了一枚椭圆形的果核，上面雕刻着九只燃烧的太阳，太阳下面是骑着猛犸挥舞着宝剑的将军，后面是吹着号角、擎着旗帜的士兵。那位号令着千军万马的将军，帽子上还插着一朵野花……

一双黑眼睛在我眼前闪闪烁烁。我想起昨天，他将带着自己体温的果核摘下来，虔诚地捧着要送给我；想起昨夜告别时，他璀璨的笑容，他频频向我挥动的手……我捧着那只雕刻精美的果核，不知所措。

骑士蝶说："收下吧，这一定是阿黑弟诚心送你的礼物！"

"不，我不能收，这一定是他最珍爱的东西了。"

"可是，他已经给你留在这里了。他们整个部落，很可能一夜间都迁走了……"

迁走，怎么可能呢？我摇着头，难以置信。就在昨天晚上的月光下，我们还其乐融融地坐在一起畅聊呢。

骑士蝶说："其实，在昨天晚上，我就已经料到了。他们的部落一直活得古老而隐秘，一定不愿外人知道他们的行踪，打扰他们的生活。尽管他们向我们打开了心扉，但是，在他们的灵魂深处，一定还深藏着某种恐惧甚至忌讳。所以，每当有陌生人或者异类闯入，他们就会搬一次家，虽然不会搬得太远，但一定会藏得更加隐秘，不会轻易再让谁找到……"

"这么说，我们无意中做了那个迫使他们搬家的人？"我沮丧极了。

"梦蝶，不必伤悲。任何事都是两面的，也许只有这样，才能让他们迁徙，被动地向外扩充一下领地，见识一些新事物呀。你看，他们至今还处在原始部落时期，以树叶遮体，如果他们走不出这片森林，也许就永远不能进化。"

骑士蝶善解人意的劝慰令我稍稍心安了些，可是，望着漫山遍野熟透的果实，我还是感到深深的遗憾，"大地无私地奉献出如此甘美的礼物，却只能默默无声

地任其腐烂。暴殄天物，这难道不是罪过吗？"

"没关系的，"骑士蝶轻松自若地说，"大自然有时就是这样，自生自灭，固守着规律不停地循环运转，没有什么会被真正地浪费。"他从地上捡起一枚浆果，"就像这枚果实，虽然没有谁吃它，但它也许会化为花草的肥料，也许会长成新的树，结出新的果实。万物就是这样循环往复，生生不息！"

骑士蝶的话，将眼前的一切提升到了哲学的高度，让我顿时如释重负，连眼睛好像也亮了起来。我不由得说："感谢上帝，让我遇见了你。骑士蝶，你真是我的人生导师啊！"

"那你就听我的话，收下阿黑弟的心意吧，戴上它，去寻找你梦中的蝴蝶王国！"骑士蝶说完，就要将那枚果核往我脖子上挂。我挡住了他，说："不要，我想让你亲手刻一枚果核，挂到我的脖子上。"

这显然把骑士蝶难住了，他拍拍脑袋，犹豫了一下，说："好吧，我答应你。"

我捂着嘴巴嘻嘻地笑了，给他出了个难题，我十分得意。这下他不是那个全能的骑士蝶了，在雕刻方面，他肯定不如阿黑弟。想象着他握剑的手笨拙地雕刻的场面，我心里乐开了花，甚至有些幸灾乐祸。

"不过，这需要时间，因为我不是什么能工巧匠，也从来没刻过这个东西。只要你肯等待，终有一天，我会慢慢地为你刻一枚，刻上我心里的、你想要的图案！"骑士蝶说。

"好吧，我答应你！"我绷住笑说。

骑士蝶将那枚燃烧着九个太阳的果核挂到我脖子上，认真端详了一番，点点头，"嗯，好看！"

我低头一看，果核和慈母蝶的玉观音挂在一起，是不是有些喧宾夺主了？我嘟哝着说："骑士蝶，一个脖子上能同时挂两个护身符吗，是不是太多了？"

这下，骑士蝶好像也有些吃不准了，他挠挠头，"那……能怎么办呢？玉观音是你永远的护佑，但阿黑弟纯洁的心意，好像也不可辜负……"

"那，好吧！"我抚摸着果核，心里却有一种不好的预感：我不能太贪了，我不能同时拥有它们，总有一天，我可能会失去其中一个。

太阳已经跃上树梢了，骑士蝶拉起我，飞离了这个果实累累但转瞬却落地成尘的王国。

第五章

雨林奇遇

1. 孵蛋的鸟人

还要飞多久，才能抵达梦中的王国？还要历经多少艰难险阻，才能迎来风平浪静？

我不知道。其实也不想知道，我只想这样不停地飞下去。因为我越来越感觉到：对于一只蝶来说，幸福不是到达目的地，而是和心意相通的蝴蝶一起飞，一起经历。离目标越近，离告别也就越近。我会为将来的别离悄悄地伤心，但也更加珍惜旅途上的每分每秒，因为我知道，飞过的每一片天空都是新的，对我们蝴蝶来说，从来没有重复的航线。

这天，我们飞过一片热带雨林的上空，发现这里寂静无声，连鸟鸣声都很少。这异常的气氛，实在令人生疑，我不由得朝骑士蝶吐了吐舌头。他用眼神示意我：别顽皮，越寂静的地方越危险，甚至隐藏着不可预知的阴谋，一定要加倍小心，尽快飞离！

我忙换了一副严肃的面孔，认真地点了点头。我们之间已经形成了一种默契，危急时刻，只需一个眼神、一个动作就知道对方的意思。

只是，我还是遏制不住自己的好奇心，我想探询一下：这神神秘秘的地方到底怎么了，发生什么事情了吗？热带雨林，本该是最喧闹的世界啊，却为何静得好像连万物都停止了呼吸？

我用眼神向骑士蝶祈求，飞进密林深处探秘一下。他坚决地摇了摇头，我赌气地向他示意：我可不想白白飞过这里，你要怕就回去！他知道我的脾气，只好点了点头，同意陪我去冒险一次。

我们一起屏声静气地往下飞去，骑士蝶紧握着腰上的剑，眼睛警惕地扫视着四周，随时准备着拔剑而出。

这片雨林茂密得令人喘不过气来，到处是高大的阔叶植物，每片叶子都大过猪八戒的耳朵。树下有些茅草搭建的简陋房屋，外面挂着完整的牛头兽骨，空洞的眼睛里蚊虫飞舞。更夸张的是，木桩上刻着张牙舞爪的图腾，长长的牙齿，好像随时准备着将人生吞活剥……到处弥漫着一种诡异的气息，我不由得缩了缩翅膀。

这时，我发现在一片低凹的山谷间，有几十棵奇怪的树，与周围的树相比，它们鹤立鸡群而且相对密集。

更奇怪的是，每个牢固的树杈间，都有一个很大的鸟巢——比真正的鸟巢要大无数倍。我和骑士蝶悄悄往下探看，不由得大吃一惊：几个铺满干草的鸟巢里，都趴着一个披头散发的女人，看不见她们的脸，因为她们几乎赤裸的身体被瀑布般流淌的长发覆盖着。

我和骑士蝶面面相觑，瞠目结舌。这些魔鬼般的女人，她们神神秘秘地在干啥呢？她们是怎么爬到树上来的？我的好奇心愈发强烈了，此刻前面就是有刀山火海，我也得向前探个究竟。

这次，骑士蝶没有阻拦我。我猜他的内心，其实也住着一个好奇的小男孩，只是他一般不放他出来撒野而已。我俩其实都是一样的执着，一样的百折不挠，如果碰到了一个谜，就一定要找到谜底，不会把悬案留给明天。

我和骑士蝶悄悄在那些树之间穿梭，紧张得大气也不敢出。幸亏我们是两只小蝴蝶，没有什么威胁性，那些女人即使抬头看见我们，也不会多想，更不会如临大敌。

窥视半天，我俩终于发现了一个令人瞠目结舌的现象：原来她们都长着翅膀，翅膀上覆盖着厚厚的羽毛，色彩光滑艳丽。再近前些一看，我俩的眼睛都瞪圆了：她们竟然是在孵蛋，在她们的翅膀下面，都有一只白色的大蛋！突然，一只蛋"啪"地发出一声响，吓得我俩赶紧往后退去。

原来，是那只蛋壳炸开了，两只小胖脚颤悠悠地伸了出来，乱踢乱蹬着。接着，一个"哇哇"哭着的婴儿露了出来，他通身粉红，用两只小手揉着眼睛，圆圆的小肚子一鼓一鼓的，可爱得让人想飞上去亲一口，再亲一口。

我惊喜得简直要手舞足蹈了。难道，这就是传说中的鸟人吗？记得慈母蝶曾经告诉我，在她故乡有一本叫作《山海经》的古书，里面就记载着"有卵之国，其民皆生卵"这样的奇事，但是那样的记载被视为上古神话，已经连小孩子都不肯相信了。

可是今天，我们竟然亲眼见到了。我是不是该飞进那本古书里，去补上这一笔呢？这个消息肯定会轰动世界，那么有关人类繁衍的历史也许就要改写了。不过，我突然想到了一个问题：鸟人到底算是人类还是鸟儿呢？她们长得像人，行为却像鸟儿。鸟类是恒温动物，比人类的体温高，可以孵蛋；但人类是哺乳动物，不能孵蛋……

我悄悄追问骑士蝶：鸟人到底是人类还是鸟儿？他挠着脑袋，也回答不上来。我急了，又问了一个更愚蠢的问题：如果说孵蛋与高体温有关，人类在发烧的时

候，为什么还是不能孵蛋呢？

骑士蝶听了顿时面红耳赤，逃也似的飞离了那些树。我这才意识到自己不该跟他探讨这个问题，他也是一只蝴蝶，并且是个男生，又不是人类或者鸟儿，他就是再有学问，又怎么能回答得出这些令人尴尬的谜题呢？

没等我追上骑士蝶，下面的山谷里突然传来一阵似人又似鸟的叫声。我忙低头看，原来是群野人，身上文着神秘的斑马纹，头上插着艳丽的羽毛，腰间围着兽皮，正手握叉子冲着头顶嗷嗷叫着。

我吓得赶紧追上骑士蝶逃命，一定是骑士蝶那对蓝翅膀太招眼，被他们发现了，说不定他们还将我俩当作偷蛋的鸟儿了呢！

直到快飞出山谷时，我才发现那些野人其实不是在追赶我们，而是在追赶一种飞禽，那飞禽拖着华丽飘逸的长尾巴，"喔喔"啼叫着越过我们而去，像传说中神秘的凤凰。

我和骑士蝶这才如释重负。原来在雨林里，我们蝴蝶不过是不起眼的小角色，才没人愿意关注我们呢，是我们自己吓唬自己了。

我们又飞了很久，翅膀都快飞断了，才飞出了那片广袤的热带雨林。这时才感到又累又饿，头昏眼花，后悔为了探寻鸟人的秘密，我们竟然错过了那么多甜蜜的水果：香蕉、芒果、菠萝、番木瓜、佛手柑……一回想它们的样子，我的口水都快流出来了，追悔莫及。

骑士蝶也有些沮丧。他总结教训说，以后我们要改变策略，无论遇见什么，首先要保证吃饱喝足，维持足够的能量。只有安全地活下去，才能看到明天的太阳和更多的美景。

"看来，执着虽然是一种精神，但有时也会得不偿失。怪不得人家说，好奇害死猫呢。"我气喘吁吁地说。

"是的！"骑士蝶说，"我们必须学会随机应变，对于那些未知的事物，如果不能立即找到答案，就不要再纠结，把谜底留给明天，因为我们还有足够的时间去探秘。"

我学着他的样子行了个搭额礼："明白！我的兴趣点也不在这里，我要朝着蝴蝶王国勇往直前，不能随便被一点小事情绊住脚步。"

骑士蝶笑了，和我击了一下掌，打起精神继续往前飞。鸟人孵蛋，谁也无法解释这种罕见的自然现象。这段旅途中的奇遇像一个小插曲，一闪就过去了，但我其实仍然暗暗期盼着，有人能尽快揭开这个谜底。

2. 水晶兰与幽灵之花

又一片原始森林出现在下面，我和骑士蝶忙降落下来觅食。

森林深处有一条废弃的古道，被腐叶覆盖着，好像已经千年未有人迹，字迹斑驳的木牌上，写着这条古道的名称：蜀身（yuān）毒道——好奇怪的名字，甚至有那么点儿恐怖，但"身毒"其实就是今日的印度。

原来，这是中国汉代开通的一条丝绸之路，它从中国蜀地出发，途经云南、身毒，顺着走下去，能一直走到地中海。中国商人的马队驮着蜀布、丝绸和漆器，换回金、贝、玉石、琥珀和琉璃制品。

我看见古道裸露的石板上还留着深深的马蹄印，仿佛听见商队叮当作响的驼铃声。松茸和五颜六色的菌类野蛮生长，遍地都是，最大的蘑菇足足有锅盖大小。这里潮湿阴暗，连风都湿乎乎的飞不起来。

我们饥肠辘辘，越飞越低，那些妖艳的蘑菇令人眼花缭乱，对我有致命的诱惑力，就在我不由自主地向它们靠近时，耳边响起骑士蝶严厉的警告："把你的眼睛从那上面移开，饿死也不要吃这种东西！梦蝶，记住，不要被外表的美丽诱惑，颜色越鲜艳的蘑菇，毒性越大；越花枝招展的事物，越要提防。"

他的话有些耸人听闻，我刚要撇撇嘴表示不服，却冷不丁地一惊！因为我发现那些蘑菇确实有些诡异，恍惚间，每只蘑菇上都浮现出一张面孔，朝我挤眉弄眼，在我们飞过时，它们竟然蹦跳乱舞起来，试图拽住我们的翅膀，阻止我们逃走。

幸亏骑士蝶眼明手快，他一把拉住我，同时抽出了腰间的利剑。他用剑尖飞速划过一排蘑菇顶，伤口处渗出露珠般的凝胶液体，很快就变成了黑色，令人恐惧。

骑士蝶一手拉着我一手握着剑，慢慢低飞，从枝叶间投射下来的光线照在剑面上，寒光四射，那些毒蘑菇一触到光，就萎缩成了原来的样子，一个个戴着帽子垂着头，老老实实地蹲在乱草腐叶上，再也不敢装神弄鬼了。

在更幽暗的森林深处，我又发现了一丛水晶般剔透的菌类，它们三五个一簇，就像用月光凝成的，瘦瘦的杆儿擎着透明的花瓣。我从没见过如此奇异的植物。也

许，只有在常年不见光的森林幽深处，才能开出这样邪魅的花朵。它们好像不是这世间的东西，或者我们误入了一个不属于人类的世界。

这神秘的花儿好像有种魔力，吸引着我不由自主地靠近。我忍不住挣脱了骑士蝶，凑向前闻了闻它的味道，有股似有似无的幽香，却又像冰片一样清冽。它像盛开的冰玫瑰，发出凛凛的寒光，让人看了就觉得冷，鸡皮疙瘩都冒了起来。它的花蕊是蓝色的，花瓣微微低垂，像冰雕少女在沉思。

我忙招呼骑士蝶过来查看。他分明也饿坏了，飞起来摇摇晃晃，像喝醉了酒。从离开阿黑他们的果实之国，我们已经很多天没吃像样的东西了，体力消耗巨大，如果不是饱餐了那一篮子神奇的红浆果汁，我们不可能支撑这么久。

骑士蝶几乎是摔倒在那丛花旁边的。

我急切地问："骑士蝶，这些菌类植物能吃吗？看上去味道一定很鲜美。看，我的口水都快流出来啦！"

骑士蝶一边喘息着，一边仔细地打量着它们，神情渐渐变得疑惑。是啊，这么梦幻的花朵，谁遇见了都不敢相信是真的。它美得像冰雪遇见了夏季，又有种不食人间烟火的凄艳与孤绝，似乎轻轻一碰，它晶莹脆弱的花瓣就会跌落。

骑士蝶的呼吸越来越急促，脸色也变得像那丛花儿一样惨白，没等我弄清怎么回事，他就像被蝎子蜇了一下，拉起我仓皇逃走。

我不甘心，边飞边回头张望，却见那丛花幻化成了一个个长衫飘飘的幽灵，它们没有五官，像白布一样随风摇荡，忽大忽小。它们没有任何生命的气息，却又阴魂不散，绝望地张牙舞爪。

我边飞边冷汗直流，直到飞出那片森林，才长吁了一口气。

骑士蝶告诉我，那丛水晶般的菌类，是纯洁善良与神秘邪恶并存的植物，人间难得一见。它有很美的名字：水晶兰，梦兰花；也有很恐怖的名字：幽灵之花，死亡之花，冥界花。它和彼岸花一样，都只在黄泉路上绽放，是冥界忘川彼岸的接引之花。它散发出的阵阵幽香，会令人神思混沌，甚至丧失所有的记忆。它的花瓣具有灵异的力量，可杀人于无形，一旦不小心触到，瞬间就会令人灵魂出窍。

骑士蝶说，尽管传说幽灵之花有起死回生的功效，被古人当成仙草膜拜，但更多的人却相信，它是邪恶之花，凡是见到它的人，都不会有好运气，非死即伤。所以一定要远离它，逃得越远越好。

见骑士蝶这样担心，我反而不服气起来，觉得它不

过是没有生命的菌类，并没有多大危害，是传说太故弄玄虚了。说真的，他的表现让我有些失望，一丛水晶花而已，何至于让高傲的司令长官如此恐惧？

大概是因为太饿了，我有些心焦，甚至有点为没吃上美味儿而遗憾。我没好气地说："也许，它只是因为靠吸收腐烂的落叶生存，没有叶绿素，不能进行光合作用，才那样苍白的。幽灵之花，其实与死亡并没有关系。"

"可是你知道吗？传说，每一株幽灵之花都曾是一个无辜的女孩。"

"女孩？为什么？"我的眼睛瞪大了。

骑士蝶讲了这样一个故事：从前，有一对母女相依为命，母亲病得奄奄一息，女孩请了很多大夫来医治，都摇头叹气地走掉了。最后，女孩碰到了一位白发飘飘的巫师，那巫师告诉她，在通往黄泉的路上，有一种叫作水晶兰的植物，人服用后可以起死回生。于是，女孩便踏上了苦苦的寻觅之路。她的诚意感动了冥界的大神，引领她找到了那种植物，但她得答应一个要求：救活母亲后，她也将化为水晶兰，好搭救下一个需要救治的人。女孩答应了，她像所有为爱牺牲的女孩那样，化为了一株水晶兰，等在去往彼岸的路上，因为只有等下一个女孩出现，她才能获得灵魂的解脱。从此，水晶兰又有了新名字：幽灵之花、死亡之花……

骑士蝶说："谁也不知道遇见的水晶兰是哪个灵魂，但它一定是为了亲人牺牲的某个女孩。"

"多可怜，多无辜啊！"我眼泪汪汪地说，"那些女孩那么有爱，怎么会害人呢？"

"因为她已经不再是那个女孩了，她变成了幽灵之花，变成了另外一种事物。对有病的人来说，它也许是救星；对正常的人来说，它也许就是死亡！"

见骑士蝶这么评价这神圣的花朵，我有些愤愤不平："为什么我们看到的是同一种植物，在你眼里却如此不同？为什么我看到的是水晶兰，你看到的却是幽灵之花？"

"因为我们不是同一个人啊！"他回答。

"可是，我好可怜这花啊，我觉得它是真诚无害、毫无城府的精灵，它像水晶般透明，水晶般脆弱……"

"但它不一定有一颗水晶心！"他冷冷地说，好像故意在激怒我。

"为什么在我眼里它出淤泥而不染，在你眼里却成了恐怖的幽灵？"我觉得他侮辱了这纯洁的花朵，几乎要与他吵起来了。

"那是因为你的心里没有灰尘，所以看什么都是水晶。"他静静地回答。他永远是彬彬有礼的小绅士，从不与我正面交锋，我想吵架的阴谋很难得逞，可是我还

是不依不饶地反驳他："为什么你不懂它的花语，不知它的习性，却听信了它邪恶的传说？不是也有人说，它可以使人起死回生吗？即使它没有回天的魔力，也不至于伤人性命吧！"

"你太天真了，梦蝶。邪恶，有时恰恰戴着美丽的面具，就像那些艳丽的毒蘑菇，如果你经受不住它的诱惑，就会中毒……"

我有些恼怒："你在揭我的短？"

"不，我之所以告诉你这些，就是想让你知道，任何事物都有两面性。就像这株花儿，它既是水晶兰，也是幽灵之花！"

"好吧，也许你说得有些道理，可是，我还是为水晶兰感到委屈……"我泄了气，理屈词穷地嘟哝着。

骑士蝶用剑挑开拦路的荆棘："我明白你的心意。不管幽灵之花是否有毒，在我心里，它都不太吉祥。别忘了，它是幽冥地界才有的花儿，遇见它，说明人正走在通向厄运的路上！"

他这样一说，我又有些害怕起来，忙缩着脖子四下张望，仿佛冰片似的水晶兰在身边丝丝冒着凉气，沁心入骨。

"我总有一种预感——危险正渐渐逼来，我们必须尽快找到吃的，尽快飞离这凶险之地，飞得越远越好。"

　　他拉着我，加快了飞行的速度。我第一次发现，看上去总是胸有成竹的骑士蝶也有脆弱甚至怯懦的一面。他就像阳光下的冰山，在我心目中的形象快要崩塌了。难道他竟然是个懦夫？我知道，真正的骑士都珍爱荣誉，视死如归，绝不会轻易流露出胆怯，可是，他竟然如此失态。

　　我无法隐藏这种失望，停下来逼视着他，追问他："这是为什么？"

　　他面色苍白，神情忧伤，握着剑的手不停地颤抖："我可以不回答吗？"

　　"不行！"我固执地逼视着他，眼睛一眨也不眨。

　　就这样僵持了半天，他终于告诉我："这都是童年时候留下的阴影——"

　　骑士蝶说，那时，他还是一个天真顽皮的孩童，而他的父亲则是护卫花之谷的司令长官。前来偷袭花之谷的天敌军团已经悄悄逼近，懵懂无知的他却还在森林里玩耍。他就是被那一簇簇的幽灵之花吸引着、诱惑着，向森林深处跑去，迷失了回家的路。父亲为了寻找他，落入了天敌军团设下的陷阱，身中数箭而亡。长大后，守护花之谷，便成了他义不容辞的使命……

　　原来如此！我终于明白了，水晶兰，不——幽灵之花为何让骑士蝶闻之色变。听说，有人要用童年来治愈

一生，有人要用一生来治愈童年。我没想到，看似勇敢无畏的骑士蝶，竟然是那个需要用一生来治愈童年的不幸家伙。他到底经历了多少心灵的炼狱，才成为了守护花之谷的司令长官？

我嗫嚅着说："请别生我的气，骑士蝶……"我知道多少的歉意，也弥补不了他心灵的创伤，而我，是那个往他伤口上刺了一剑又洒了一把盐的家伙。

他的眼睛里涌满了泪水，但他把它忍回去了。他又恢复了从前的淡定，说："不会的。我们都是历经了生死才活下来的，各有使命，绝不能在到达蝴蝶王国之前，就先丢了性命。无论如何，我们都得保护好自己。梦蝶，继续往前飞吧！"

就这样，我们忍受着饥饿，不停扑扇着翅膀。我们已经极度虚弱，就怕碰上天敌，或者被那只阴魂不散的妖蝶追赶。

即使这样，骑士蝶仍然用沙哑的声音鼓励我："梦蝶，不要怕，有我呢！"

实在飞不动了，他就拉着我，降落在一片枯叶上。这时，我才发现，骑士蝶还有一项特长：善于伪装，他蝶翼的正反两面截然不同，正面是绚丽多彩的蓝色，背面则是枯树叶般黯淡无光的棕灰色。停落在枯叶上歇息时，他用足肢撑地，同时合起蝶翼，与周遭环境融为一体，这样，就连最擅长循迹追踪的天敌也难以发现他。

日头偏西时，我们终于在一片荒野里发现了几株熟透的龙葵果，这是一种紫色的小浆果，形似葡萄，却只有黄豆大小，在黄昏的光线里闪着令人垂涎欲滴的光芒。看见龙葵果的那一刻，骑士蝶已经奄奄一息，一头栽到了地上。

我挣扎着爬到那几株龙葵旁边，摘下一串。骑士蝶贪婪地吮吸着龙葵果，脸上的红润一点点恢复。听说，在生死攸关的时刻，女生比男生更加坚韧顽强。因为男子汉就像大树，在风雨中挺立，看似挺拔却易折易断；而女生就像小草，看着柔软，甚至随风东倒西歪，但是不会折断，风雨一停，就又站起来了。

我们幸福地饱餐了一顿，顿时觉得身体又蓄满了能量。我们在黄昏的浆果丛中睡了一觉，又开始赶路。为了尽快离开这个不祥之地，我们决定趁夜飞行。

金色的夕照，投射在我们的翅膀上，散发出五彩斑斓的光芒。这时候，我们不再觉得自己是两只蝴蝶，而是两位并肩作战的战士。

3. 趁火打劫的夜行侠

月亮在东边升起来了，可惜有些苍白，森林和山岳都沉浸在暗影里。这是我和骑士蝶第一次夜间飞行，心中隐隐有些不安。也许，我们都还没有摆脱幽灵之花带来的阴影。

刚飞了一会儿，月亮便被乌云吞没了。尽管我们有一颗勇敢的心，却遗憾碰上了坏天气。虽然我看不见骑士蝶的脸，却能感到他强有力的翅膀扇起来的风。他在黑暗中告诉我，勇敢和坚持是我们蝴蝶的两个翅膀，缺一不可。他的年龄比我大不了多少，可是天知道为什么，他竟有这样一个深刻的灵魂，难道他身体里住着一个老头吗？

飞过一片山岩时，一个阴影腾地飞起，直追了过来，从带起的风声中就能感到，这是个多么霸道和强悍的家伙。

骑士蝶悄悄叮嘱说："不要怕，无论他是谁！"

很快我们就知道了这位不速之客是谁，那是一只大猫头鹰。这家伙心狠手辣，是吃肉不吐骨头的货色，逮到了猎物，常常一整只全部吞下去，再慢慢将消化不良的渣滓吐出来，被称为"食丸"。他这种凶狠贪婪的本性，跟那只女王蝶如出一辙，我甚至暗想：它到底是猫头鹰，还是女王蝶的化身？

都知道猫头鹰是色盲，也是唯一不能分辨颜色的鸟类，但这不妨碍他视觉敏锐。尤其在漆黑的夜晚，他就更加如鱼得水，眼睛的能见度比人高出一百倍以上。猫头鹰的彪悍特长，使他养成了昼伏夜出、趁火打劫的习性，而夜间飞行，恰恰是我们蝴蝶最不擅长的，我们是在以自己的短处，对抗人家的长处。

不过，猫头鹰也有短板。据说，因为习惯了夜间活动，他已经不习惯在白天出来，偶尔飞在阳光下，就会颠簸不定，如一个喝了一斤老白干的醉汉。这种见不得光的阴险动物，永远只能在阴暗处打家劫舍，鬼鬼祟祟。他的每次出现，都像是一个处心积虑的阴谋。

他终于追上了我们，并掉头拦住了去路，他和夜色融为一体，但他阴鸷的眼睛在夜幕中闪光，像把利刃直刺向我。在那一刹那，我甚至确信他就是那只女王蝶的

化身，顿时不寒而栗！

"这里是死亡山谷，我是夜行侠！要想从此过，留下买路钱！"他娘腔娘调地叫嚣着，声音让人辨不清是哭还是笑。可笑的是，他还自称"大侠"。又是"死亡"二字！恐惧加上愤怒，使我感觉有一团火焰腾地燃烧起来了。

骑士蝶用翅膀轻触了一下我，我知道他这是在提醒我：当猫头鹰袭击时，我们要步调一致，迅速行动。

据说，猫头鹰在扑击猎物时，它的听觉会起到定位作用。我们俩分头行动，就可以混淆他的视听。所以，当他扑过来时，我仗着小巧玲珑，迅速躲到了一边，骑士蝶在他眼前忽上忽下地扑腾了几下，本想虚晃一枪掉头飞走，没想到被猫头鹰一口咬住了翅膀，要不是他的翅膀太长，他很可能就被一口吞下去了。他试图抽出随身佩戴的利剑，却根本动弹不得。

这时，我想起了我还有一个强大的功能：我的透明翅膀是可以隐身的，可惜此刻是在伸手不见五指的夜幕中，全靠感觉，隐身不隐身都差不多了。

怎么办，我知道作为手无缚鸡之力的蝴蝶，我们是没有能力对付这个老奸巨猾的家伙的，他天生就是个捕猎能手。骑士蝶一次次救我于水火，此刻他落入虎口，凶多吉少，我却束手无策。想起森林里那丛晦气的幽灵之花，我觉得后背一阵阵发凉，难道，这真是一个不祥的预言吗？

不，我不甘心，那种破釜沉舟的劲儿又被激发出来了！我不信预言，也不信宿命，我只信勇敢无敌，哪怕鱼死网破也要拼死一搏，说不定就能搏出一条生路！

千钧一发之际，胸前的玉观音突然亮了，像颗明珠照亮夜幕。猫头鹰慌了，匆忙用翅膀遮挡，强烈的光芒无疑击中了他的软肋，一定是慈母蝶在助我！刹那间我好像变成了千万个我，我赤手空拳毫不犹豫地朝那只猫头鹰冲过去，明知道这是鸡蛋撞石头，我也相信，此刻的鸡蛋比石头还硬！

猫头鹰显然也没料到我这个小玩意儿竟如此英勇，如此横冲直撞，趁他呆住的瞬间，我拿出了我的杀手锏——脖子上的那枚椭圆形的果核，我摘下它，用这犀利的武器朝猫头鹰那对亮得瘆人的眼睛直刺过去，就听猫头鹰一声惨叫，骑士蝶趁机迅速地挣脱了他的嘴巴，腾地飞起来，朝他刺去了致命的一剑！

不幸的是，随着猫头鹰的再次惨叫，那枚救命的果核从我手中失落了，也许，它是被猫头鹰的利爪打掉，坠落在了深深的山谷。

怎么办？面对死亡，还是逃命要紧。我和骑士蝶以超过风的速度朝着前方狂飞。我们有自知之明，若是死

拼，我们绝不可能是猫头鹰的对手，他的长嘴利爪就是武器，而我们软绵绵的身体和翅膀，注定了我们不可能成为进攻型的生物！

我听见猫头鹰在后面狂叫着："哪里逃！没有谁能活着离开死亡山谷，小东西，乖乖的，要么给钱，要么给命！"

我们才不听他那一套，继续狂奔！我们是在和死亡竞飞，是的，此刻，我们不相信预言，不相信宿命，只相信速度、速度、速度！

这只猫头鹰也是轻伤不下火线的好汉，我不知他的眼睛是否被那枚果核刺瞎了，他的身体是否被骑士蝶的利剑刺得鲜血淋漓，但此刻他一定疼痛难忍，可是他竟然顽强地忍受着，穷追不舍，死不放弃。

这是意志的较量，双方只要谁稍有动摇，就可能前功尽弃，成为彻底的失败者。黑暗中，我再次听见骑士蝶喊着："勇敢和坚持是我们蝴蝶的两个翅膀，缺一不可。坚持、坚持、坚持！"

我明白，只要天一亮，我们就万事大吉了，因为猫头鹰是见不得光的，白天飞行，是他致命的短板，只要太阳一出来，他就必败无疑了。

我个头小，飞得慢，必须用数倍的速度才能和骑士蝶保持同行，但骑士蝶为了我，却不得不放慢了速度。

不，我不能让自己拖累他，此刻，慢就是一种罪过。

快，快，快！每在心里喊一遍，我的力量就增加一分，就这样，我追上了骑士蝶，以超出自己体能的速度，和他并肩齐行了！

经过一夜不停不歇的玩命奔波，我们终于迎来了黎明！

当第一缕霞光升起时，我和骑士蝶忍不住发出了"欧耶"的欢呼声，而那只锲而不舍可歌可泣的猫头鹰，则不得不在我们的欢呼声中坠落下去，他那失败的姿势，真的像传说中的醉汉，摇摇晃晃地要扑下去拥抱大地。可是，他仍然很嘴硬，边往下坠边匆匆忙忙地嘶喊着："该死的蝴蝶，即使你们逃脱了我的手掌心，沙漠旋风也不会放过你们，我等着你们……被送上绝路的消息！"

我忍不住嘻嘻笑出声来："你自己败得如此难看，还指望我们也步你后尘呢，劫路贼，做梦吧你！"

两只弱小无助并且不擅夜间飞行的蝴蝶，却联手打败了强悍的猫头鹰，战胜了幽灵之花的死亡寓言，我觉得无比自豪！

这时，我却突然发现了那枚果核，它就挂在猫头鹰的利爪上，摇摇荡荡地随着他往下坠去。我失声喊起来："果核，我的果核！"我下意识地想去追赶，却被

骑士蝶一把拽住了，他说："不要试图从猎人手里抢猎物！记住你的目标，不要为眼前的得失去冒险！"

我只好眼看着那枚果核随猫头鹰化成一个黑点，直至彻底消失。

"猫头鹰那只圆眼睛，到底被我刺瞎没有？他掉下山谷能不能摔死？"我问骑士蝶，他的嘴角露出一抹坏笑，"即使那个好汉的眼睛没有瞎，他的心也瞎了；即使他还能活着，那后半辈子估计也只能在失败的阴影里挣扎，再也甭想翻身了！"

我捂着嘴巴笑："不过，那也说不准，看得出，这个该死的家伙比我们还顽强呢！"

"那我们就准备迎接新的一战吧，看那只女王蝶还能不能变出新花样！"骑士蝶说。

迎着霞光，我们并肩往天际飞去。我的胸前只剩下那尊安详的玉观音，眼前，却不断闪现出阿黑弟那双黑眼睛，和他送我果核时虔诚羞涩的笑容。

第六章

海市蜃楼

1. 异族小镇

　　我和骑士蝶越飞越远，不觉得有多累，却渐渐感觉到了悲伤，它将我的翅膀都快要坠弯了。因为千里相送终有一别，飞得越远，离别就越逼近。

　　骑士蝶在和猫头鹰的搏斗中负了伤，好在很快就痊愈了。他告诉我，再往前飞，就是沙漠了，那是寻找蝶之国的必经之地。我们将在沙漠的边缘告别，他只能送我到那里了。倘若他再陪我穿越沙漠的话，还要独自飞回，耗时太长。他的花之谷，不能离开他那么久。

　　我故作轻松地说："明白，所有的送别都将变成告别，花之谷也离不了你。不过，你也要相信，我有单飞的能力！"

　　骑士蝶点点头。离别将至，我却总是觉得还有很多话没说完。这一别，不知何时才能相见，我必须争分夺秒，说出我心里的感激。可是，不知道为什么，越想说的话，却越难以说出口。

我想说："骑士蝶，幸亏你和慈母蝶出现在我的生命里，让我变成了一只勇敢的蝴蝶！"但是，我说出来的却是："骑士蝶，跟你在一起，我好像一天就能长十岁哦，谢谢你陪伴我，寻找传说中的蝴蝶王国！"

骑士蝶开玩笑说："也许将来，我变成了胡子拉碴的大叔，你变成了包着头巾的大婶，天天想的就是吃点什么树上的蜜，或者到哪里摘几颗浆果打打牙祭，什么梦想啊旅行啊，都不值一提了，而我们现在做的这一切，说不定还会被年老的我们嗤笑。"

我回答说："如果是这样，但愿那天永远不要到来！我只希望前面有天空，翅膀上有梦想！"

沙漠很快就在前面出现了，我只是远远望了一眼，就不由得头晕目眩。它是凝固的海洋，无边无际，以我这小小的头脑，根本无法想象它到底有多大；更无法想象用这对小小的翅膀，如何能丈量它的天空，飞出它的怀抱？

也许，只消飞一会儿，我就会被太阳那只炽烈的独眼给烤干了，落下来化为一颗沙粒。面对着这浩瀚无际的沙漠，我第一次感到了深深的孤独和畏惧，也明白了穿越沙漠的想法是多么疯狂。

让一只娇小的玫瑰水晶眼蝶活着穿越沙漠，如同让一只蚂蚁翻越十万座大山。

然而，开弓没有回头箭，我已经被自己逼上了梁山，绝无反悔的可能，我也不想让骑士蝶看出我的畏惧与动摇，我虽然不是骑士，却也是一只爱面子的追梦蝶啊。于是，我做出一副大大咧咧的样子说："多壮美的景色啊，我喜欢！我会边飞边欣赏大漠美景，享受奇妙的旅程。骑士蝶，就要告别了，让我们一起吃一顿告别午餐好不好？"

骑士蝶欣然同意："好，我也正有此打算！"

于是，我们就来到沙漠边缘的异族小镇，在路边的大花伞下假装开心地吃起了告别午餐。

这里到处是白墙红瓦的建筑，人们的服饰更是鲜艳至极。街上乐声悠扬，到处行走着头顶瓦罐戴着面纱的异族女人，还有头发蜷曲眼睛深邃的男人。老人们则赶着驴车，边走边唱着歌儿，他们的衣服甚至连车辕、马鞍上都绘着彩色图案。看得出，这里的人心灵手巧，他们对于美的追求无处不在，不放过任何一个可以展现的细节。

也许因为沙漠生活单调无趣，他们才将所有心思与智慧，都倾注到这些细节中了吧。

在这个小镇上，我又见到了戴着面纱的蝴蝶，但是她们显然和木槿山谷的蝴蝶不是一个族群。她们的脸也像人类一样，被阳光和漠风吹得黧黑，她们的服饰粗犷繁复，脖子上戴着银项链，鼻子上还戴着鼻钳。她们形体丰满如起伏的波浪，眼睛又大又深，嘴唇丰厚得像咧开的石榴。

她们飞来飞去地招揽生意，热情得就像火焰，让人不敢靠得太近。

那些五颜六色的沙漠水果，我们都是第一次见到，味道有些怪。我不停地吮吸着果汁，心里悲壮地想着，一定要多吃点，就像在阿憨和阿黑弟的果实王国那样，只有储存足够的能量，才能在炙烤的阳光下多飞一会儿，不至于立马就狼狈地倒毙在漫漫黄沙中。

蝴蝶大嫂送给我们几只很像枣子的果实，说这叫椰枣，也叫波斯枣。我和骑士蝶一人抱着一只吮吸，甜得直呛嗓子，这下身体里的糖分几乎储存到脖子了！

吃饱喝足了，告别的话还没等出口，又一个蝴蝶姑娘飞过来，她头顶厚厚的一摞草帽，脆生生地喊着："赶路的骑士和美女，买一顶草帽吧！要不然的话，沙漠的骄阳会将你们晒化的！"

于是，骑士蝶头顶戴上了宽檐的西部牛仔帽，我则戴上了插着干花和羽毛的公主帽。我们彼此打量着哈哈大笑，我笑他变成了牛仔，他则笑我变成了花团锦簇的

公主。

"好啦！我们就在这里分手，各奔东西吧。"我拍拍他的肩，故意大大咧咧地说，生怕自己一转身就哭出来。

没想到，骑士蝶望着一眼望不到边的沙漠，却改变了主意，他说："不要让分手变得这么容易，让我再送你一程吧。送你出了这个镇子，到了真正的沙漠边缘，我再返回！"

一位赶着驴车的老人正巧经过，惊起飞扬的沙尘。他老得弯弯曲曲的，像被漠风吹干了水分的老树根，小脑袋上戴顶镶金边的帽子，脸瘦得像条老黄瓜，上面安着一只夸张的大鼻子，几乎挡住了嘴巴，不知吃饭时会不会碍事？

我觉得他那个大鼻子可以和著名的阿凡提相媲美了。他的面相看上去既喜庆，又滑稽。他热情地冲我们喊着："嗨，两只高贵的小蝴蝶，美丽的公主和潇洒的骑士，要不要搭我的车走一程？上来吧，不要钱。"

这位面相古怪的老人这是要去哪里？再往前走，可就是沙漠了呀！

长鼻子老人见我们犹豫，就高声说："放心吧，卖不了你们，我以我七十岁的年龄和人格担保！我的村子就在沙漠里，反正你俩也要往那边走，就陪我老人家说说话，为我赶一赶瞌睡虫吧。唉，老家伙喽，一到中午就犯困，需要有美男俏女养眼提神哩！"

他的大鼻子发出浓浓的鼻音，震得我耳朵嗡嗡响。见我俩半信半疑，他就故意打个哈欠，用手拍打一下驴头："我是担心我睡着了，这个小畜生会把我拉到沙漠深处埋葬了，嘿嘿嘿，这老伙计干得出来呢。上车吧，有你俩陪着，我老人家可就放心喽。"

小毛驴听了他的话，好像还十分得意，摇头晃脑走得更带劲了。

我和骑士蝶相视一笑，他就飞到了驴车的鞍子上，像一个骑驴的王子；而我则飞到了老人家的帽檐上，像一位骄傲的小公主。他的帽子镶着金边，还用丝线绣着重叠的图案，我喜欢那种华丽的感觉，落在那些花纹上，就像落进了艺术的宫殿。

于是，在这条驶出沙漠小镇的路上，你会看到这样一幅奇特的风景：一位神气活现的老人家，赶着一辆驴车，还有两只趾高气扬的蝴蝶立在上面，一路随行。更神奇的是，两只蝴蝶都戴着夸张的大草帽，几乎连自己的影子都遮住了，将炽烈的沙漠阳光，也挡在了另一个世界。

一路上，我们惬意地东张西望，欣赏着路边的风景。小毛驴颠颠的，跑得十分欢畅带劲。

老人絮絮叨叨问了一番我们从哪里来，到哪里去的

老话题，就开始从车上摸出一件奇怪的乐器弹唱起来。他闭着眼睛，摇晃着骨节滚动的长脖子，显得十分陶醉，那条细细的鞭子就搭在他的脖子上，纯粹是个摆设。

老人家唱的那首歌叫《古老的哀愁》，那种异域风情的婉转旋律，唱得人心里直打颤，也差点儿把我的眼泪唱出来。

令人啼笑皆非的是，老人家唱到尽情处，他的小毛驴就会张开大嘴巴，随着嗯啊嗯啊地叫几声，叫得比哭还难听。这下，我忍不住破涕为笑。看小毛驴哭丧着脸，那一本正经伤悲的样子，让人疑惑它也深谙人类的感情，并且在它的内心深处，也藏着一个老灵魂。

老人家一路上不停地唱着，伴随着惨不忍听的驴叫声，节奏感十足，这到底算是喜剧还是悲剧，我们是该哭还是该笑呢？我和骑士蝶模仿老人的样子相互摊摊手，都不知该如何调整自己的表情了。

可是，我们听得正带劲呢，老人家却抄着手昏昏欲睡了。

看来，他没有骗我们，天下的老人家都有嗜睡的毛病，并且还有坐着睡觉的本事。我喊他一声，他就含含混混地应答一声，还故作清醒地吆喝着："没事哈，爷爷我就是打个盹儿，你俩说的话其实我都能听见哩。"

我调皮地问他我们说的什么，他闭着眼，抹一把流出来的哈喇子，"你俩正商议今天晚上吃点啥，是香喷喷的烤馕，还是鲜嫩嫩的烤羊肉……对了，别忘撒上点孜然……"说着说着，他就打起了响亮的呼噜！

我和骑士蝶忍不住捂着嘴巴偷笑。如果有一天我们也老了，会不会也这样絮絮叨叨，昏昏欲睡？

尽管我在心里祈求沙漠还有十万八千里，但是，它还是很快就到了。我飞下老人的帽檐，用翅膀拍了拍他那张沟壑纵横的脸。老人家醒了，他懵懵懂懂地跳下驴车，大惊小怪地喊起来："怎么这么快就到了，我还没给你们唱完那首歌呢！"

我说："我不敢听了，您再唱我就会哭了。"

老人家忙摇着手："那可不成，在干燥的沙漠里哪能浪费眼泪呢，它比黄金还要珍贵呢。看，我刚才睡着了流的口水，都赶上你们的二两蜂蜜了，想想我都心疼哩！"

他的幽默，把我们逗得鼻涕泡都笑出来了。

听说我要独自穿越沙漠，老人家做了个夸张的表情："就你，这么一个小东西？"

"当然喽，我可是追梦蝶呢！"我得意地倒背起了翅膀。

"我告诉你啊孩子，可千万别心血来潮，要知道沙漠就是一个大火炉，莫说一只树叶大的蝴蝶，就是

一个人，一头骆驼，离了水很快也会被烘成肉干的，啧啧啧！"

听了老人家的话，骑士蝶的脸色变得紧张起来。

老人热情地邀请我和骑士蝶到他家里做客，他说，飞行的目标不重要，重要的是路上的经历和人世间的温暖。他甚至故意威吓说，如果我们不去做客，那将是一生的遗憾，他永远也不会原谅我们——论辈分，他可是我俩的爷爷哩。

长鼻子爷爷说，他住的那个村子，小毛驴只需要走几公里就到了。他希望我们去他家里享受一下，那样，如果飞越了沙漠就是最美的回忆，如果飞不过呢，也算此生无憾了。

沙漠里竟然还有村庄？我还在纳闷呢，没想到骑士蝶却一口答应下来。

长鼻子爷爷这下高兴了，笑呵呵地说："这才对嘛！上帝保佑，对一只即将穿越沙漠的傻蝴蝶来说，能享受一天是一天喽！"

说着，他狡黠地冲我挤挤眼。我哭笑不得，这个老人诙谐风趣，哪儿都好，可就是说话太损了，口无遮拦随心所欲，好像不把你打击得退缩决不罢休。

2. 奇幻绿洲

我们继续赶路，驴车载着我们很快就进入了沙漠。有客人要去家里做客，长鼻子爷爷立马精神了。他喜气洋洋地说，他家里有一个爱跳舞的老太婆，还有一对古灵精怪的孙子孙女，他俩是一对龙凤胎。这老少三个人，可是村里最美的人哩！

"最美的人长啥样儿啊？"我好奇地问。

"到了你就知道了，他们美得简直无法无天了，超出了上帝规定的极限，不见你根本就无法想象！"长鼻子爷爷朝我挤挤眼，简直要手舞足蹈了。

然后，他又抱起那件乐器开始摇头晃脑地歌唱，这次唱的是《嘿呀，嘿呀，赶着驴车迎客来》。旋律像一个活泼的小姑娘在跳来跳去，他垂在车辕上的脚，也随着有节奏地晃动着，他身上的每一根汗毛好像都

会跳舞。

越往沙漠走，越是热得不像话，阳光白花花的，几乎要把驴背烤出烟来。好在终于刮来了一阵小风，把热浪驱散了几分。沙漠的风很干爽，并且畅通无阻，随便吹一吹就比小风扇还过瘾。

很快，长鼻子爷爷所在的村庄就到了。从小镇到这里，只有几首歌的距离。

那是一小片奇迹般的绿洲，方圆不超过十里。它坐落在沙漠的一片低凹处，葱茏的绿色和周围的黄沙形成了鲜明对比。往村里走，只见一些高大的热带植物，上面挂满了累累果实，就像形态各异的灯笼。有猴面包树、棕榈树、桉树、各种各样张牙舞爪的仙人掌、生石花，还有那种在小镇上吃过的椰枣，大串大串地挂在树上，像葡萄一样，叫人垂涎欲滴。

"都说沙漠缺水，为什么却能孕育出这么丰富的果实来呢？"我兴奋地喊着。

"小公主啊，也许正因为这里缺水，这些果实才来到人间，为人们解渴充饥的哩。"长鼻子爷爷自豪地说，"你看，在这里，上帝的慈悲随处可见，每一个居民都享受着他的恩典和赐福呢！"

他告诉我们，他们的村庄有个梦幻般的名字——海市蜃楼！

小毛驴回到了村里，跑得更欢了。

道路宽敞干净，街道车来人往，十分热闹。一些白色尖顶的建筑，同老人头顶的帽子一样的风格，都镶着金色的花边，绘着华丽的图案，在这本该极度荒凉的地方，却有着如此金碧辉煌的建筑，谁见了不以为遇到了海市蜃楼呢？

路边，有个晒得黑黑的吹笛少年，他用干裂的嘴唇忘情吹奏着，仿佛能吹出一个鸟语花香的绿洲来。他的眼睛像一汪亮晶晶的泉水，睫毛又黑又长。

少年旁边，有个戴着高帽子的中年男人在玩蛇，一条蛇蜷缩在他脚边的笼子里，有两条则交缠在他的脖子上，随着笛声摇头晃脑，看上去十分惬意。蛇身上那绚烂的花纹，充满了魅惑，让我不由得想起了魔镜湖，还有幽暗森林里的那些毒蘑菇。记得在木槿山谷时，我们最怕遇到蛇，这些贴着地面嗖嗖前行的家伙，我们即使在空中见到也会头皮发麻。可是在这里，它们却温驯得像婴儿一样，与人类相依为命。

这时候，有个穿着白袍子的大胖子蠕动了过来，他有一双阴鸷的眼睛，看不见嘴巴，因为他的嘴巴几乎被黄胡子包围了。他有一个摇摇欲坠的大肚子，用两条短腿撑着，一走一晃荡，不知里面盛着浑汤还是草料。他那步履蹒跚的样子，让人忍不住想到即将生蛋

的老母鸡。

在他的后面，跟着一个尖嘴猴腮的瘦子，弓着腰不停地为他摇着扇子。看来是他的仆从。

长鼻子爷爷悄悄地说，这个胖子是沙漠首富，人们背地里称他"母鸡老爷"。他其实不是这个村的人，是前几年刚刚从镇上搬来的，带着很多来路不明的金银财宝。他一来，就把村子的风气带坏了，村里原先没有贫富对比，也没有仗势欺人的事情发生，是这个胖子带来了丑行，带坏了原本淳朴的民风。用古老中国的一句俗语形容就是——一粒老鼠屎带坏了一锅汤！

老人很担心，如果这个"母鸡老爷"一直在这里待下去，村里的好人就越来越少了，就连原本公正无私的酋长大人，也好像被他的甜言蜜语给迷惑了，偏听偏信起来。现在，村里发生了事情，常常得不到公正的解决，惹得大家牢骚满腹，怨声载道。

骑士蝶伏在我耳边悄悄地说："瞧这个坏家伙，咱们该怎么整治他一下呢？"

没想到这时候，"母鸡老爷"却摇晃着大肚子颠儿颠儿地冲我们走过来。长鼻子爷爷躲闪不及，只好硬着头皮跟他打了个招呼。

"母鸡老爷"抬头看见我和骑士蝶，顿时两眼放光，尖叫起来："瞧，村里最丑的老汉却引来了天下最美的蝴蝶！哦，我的天哪，我没看错吧？上帝开恩，这对蝴蝶的品种，连我这个沙漠首富也没见过哩，啧啧啧，太珍稀喽！"

"母鸡老爷"虽然肥硕，声音却像个老婆娘一样尖细，让我不由得想起了唐老鸭。他将那张油腻腻的脸转向长鼻子爷爷："老东西，我用一头猪换你这两只蝴蝶如何？"

长鼻子爷爷缩了缩脖子，两手一摊，撇了撇嘴。

"那我用两只羊换，怎样？"

长鼻子爷爷昂着头，骄傲地将脑袋摆了摆。

"一头骆驼，这下总成了吧？这两只小东西对你来说，其实一无是处，既不会说话又不能帮你干活，但它们可以成为我的宠物，为我跳舞采蜜，每天逗我乐一乐，我家大花园里的花，也足够它们采蜜酿浆的了，嘻嘻！"

"母鸡老爷"吧嗒着嘴，好像已经尝到了蜂蜜的味道。

"想得美，还想把我们变成你的奴隶，让我重蹈覆辙。你这个'母鸡老爷'，吃错药了吧？"我忍不住摘下草帽扇着风，叉着腰骂起来。

"不是吃错了药，是疯人院今天没把门锁好！"骑士蝶摘下头顶的骑士帽呼扇着，跟我一唱一和。

听到我们开口说话，"母鸡老爷"吓了一跳，这下

我们看见他胡子丛中的那只嘴巴了，它在阳光下像一只黑洞，洞里一只大舌头在笨拙地搅动着："真是蝶不可貌相，海水不可斗量！你俩竟然会说话，是老爷我低估了你们，看来我需要加价码了。这真是奇迹啊，可惜这奇迹，被沙漠里最丑的老汉先占有了。"

长鼻子爷爷得意地撇撇嘴，将头昂得更高了。我和骑士蝶飞到他的肩膀上，一左一右，像两个护卫。

"母鸡老爷"神秘兮兮地压低声音，说："你俩要是跟着这个丑老汉，就会受一辈子穷，不但吃不上蜂蜜，连水都喝不到了！"他笑嘻嘻地凑近我，"在穷人家，你一辈子也甭想洗一次澡！怎么样，小美人儿，到了我家，你就是沙漠里最富有的小公主，吃香的喝辣的，我还会为你招一个又帅又有钱的小王子，让你有享不完的荣华富贵！"

我嗤之以鼻，他又跑到长鼻子爷爷左肩那里，去鼓动骑士蝶。

他把那套说辞又重复了一遍，然后得意扬扬地说："怎么样，骄傲的小骑士，跟着我，你就是沙漠里最富有的小王子，吃香的喝辣的，我还会为你娶一个又美丽又富有的小公主，让你有享不完的荣华富贵！"

说完，他就捋着胡子嘿嘿笑起来。那位瘦仆从忙附在他耳边拍马屁说："老爷，您这笔账算得好哩，他们一定会为您生一大群小蝴蝶的，唱歌采蜜，无所不能，嘿嘿嘿！”

“母鸡老爷”更得意了，笑得那一身肥肉不停地哆嗦。

“现在天黑了吗，骑士蝶？”我问。

“没有呢，太阳高高在头顶挂着呢！”骑士蝶答。

“那为什么有人青天白日的就做美梦呢？”

“那是因为，他那脑子就是一摊浆糊，除了做梦无事可做。”

听了我和骑士蝶这一唱一和的对话，“母鸡老爷”气得脸都青了，他指着我俩怒气冲冲地骂起来：“你、你俩给我等着，不知好歹的小东西！有我在，你俩谁也甭想飞出这海市蜃楼去。如果你们不能成为我的宠物，迟早也会变成标本，挂在我家墙壁上的！”

说完，“母鸡老爷”就气急败坏地晃着大屁股滚远了，那个仆从忙屁颠儿屁颠儿地追上去。

“这两只蝴蝶是我请回来的客人，远道而来，理应受到厚待和尊重。你要是敢动他俩一根毫毛，看我不把你家花园里的花都铲平了！”长鼻子爷爷气得跳着高叫骂着。他那头小毛驴也冲着沙漠首富的背影，咴咴地吼起来。看来，“母鸡老爷”的狂妄，让它也看不下去了。

　　小毛驴一吼，"母鸡老爷"就受不了了，赶紧捂着耳朵更快地往前滚去。

　　街上的人听了小毛驴愤怒的吼声，知道这个耿直的家伙一定是被"母鸡老爷"惹怒了，才犯了驴脾气，都冲着"母鸡老爷"的身影指指点点。

　　长鼻子爷爷安抚着小毛驴的脑袋，好半天才让它安静下来，它气鼓鼓地拉着车往家走，我俩则飞到了它的两只耳朵上，安慰它。这下，小毛驴又神气起来了，摇头晃脑走出了六亲不认的步伐。

　　长鼻子爷爷抱怨让那个愚蠢的家伙搅乱了好心情。他说，那些有钱人实际上是世上最贫穷的人，因为他们除了钱啥都没有，只有像这沙漠一样无穷无尽的空虚，却还趾高气扬的。这个蠢东西，即使人不惩罚他，上天也会收拾他的。

　　骂完了"母鸡老爷"，长鼻子爷爷又开始赞美自己的村庄。不过他说，这里虽是世上最安静的存在，却也有骤然而起的肆虐风沙。沙漠的天，就像孩儿的脸，说翻就翻，说变就变呢。

　　说着，他指着那些耸立的白房子，告诉我们，村子经常一夜间被沙子埋没，只露出尖尖的顶子，但是第二天风一吹，就又露出来了，每个窗口都有个人在探头探脑——他们还完好无损地活着呢。上帝只是跟他们开了一个玩笑，让他们有了一个晚上的历险。上帝在沙漠里，也学会了幽默。

你猜，活下来的人会干吗呢？对，他们双手合十，在虔诚地感恩上苍呢！被埋葬过一次，还能好好地活着，享受美好的食物，看见日升日落，在星空下载歌载舞，在赤日炎炎的树下吮吸着多汁的果实，他们觉得老天实在太宠爱他们了。所以他们毫无怨言，心满意足！

长鼻子爷爷说，他们就是以这种感恩的心情活着，无论自然条件多么恶劣，他们想到的都是它的好处，并且永远感到满足。尽管沙漠居民时刻面临着风沙的威胁，但是他们与天斗智斗勇，毫不畏惧，其乐无穷。

他们生在这里，就成了这里的一部分，谁也无法将他们与这里分开。

千百年来，从没有一个人想过要逃离这里，更不可能有举家迁徙的，只有从外面搬来的人——长鼻子爷爷说着，朝那位沙漠首富的方向努努嘴，说："当然，他们来这里的原因很多，有的人可能是在外面犯了事，无奈才逃到这里的。他们以为漫漫黄沙是庇护所，能将他们的罪过与外界隔绝，其实怎么可能呢？'恶有恶报，善有善报。'上帝不会亏待一个好人，也不会放过一个恶人，可气的是他们还意识不到，在这里耀武扬威呢，不是不报，时候未到！"

　　长鼻子爷爷指着那些屋顶的天窗让我们看，这真是一道独特的景观啊！原来，居民们为了避免被突如其来的风沙彻底埋葬，也做好了相应的准备，每家都在屋顶做好了逃生的天窗，以防一觉醒来，被黄沙埋葬。这样，只要小屋还能在沙海中露出头来，他们就可以继续放心地睡觉；如果窗外全是沙子，他们就要打开天窗，跳到屋顶上来逃命了。

　　"你们知道什么是幸福吗？"老人眼睛亮亮地问我俩，见我俩期待地望着他，他就笑眯眯地说，"嘿，幸福，其实就是一只蝴蝶，当你去追逐它时，它就飞走了；当你静静地等待时，它就会落在你的头上。"

　　我觉得这几句话有点耳熟，却记不清是在书上读到过，还是慈母蝶说过。我望着那些高高的天窗，还是有些担忧："长鼻子爷爷，如果一夜之间，这个村庄真的被埋葬了，可怎么办呢？"

　　长鼻子爷爷不以为然地摇摇头："即使那样，也没啥可恐惧的，因为我们天天快乐地生活在这里，即使被埋葬也是快乐地埋葬，那只是一瞬间的事。一瞬的痛苦与一生的快乐相比，难道不是微不足道吗？"

　　长鼻子爷爷能把所有糟糕的事情都赋予快乐美好的含义，看见他如此豁达，我们这两只过路的小蝴蝶，还有什么必要杞人忧天呢？

3. 神秘圣湖

　　长鼻子爷爷边赶着车走，边和街上的人打着招呼。这时候，我和骑士蝶的眼睛不够用了。

　　我喜欢看街上那些头顶陶罐的少女——不，那不是陶罐，老人纠正说，那只是一种高高的篮子，编成像陶罐的样子，用来盛水果或者谷物的。因为这里缺水，即使沙漠首富的家里也没有满满一罐的水。

　　天哪，竟然缺水缺到这种程度？难道这里就没有一处水源吗？

　　有是有的啊！长鼻子爷爷说着，带我们穿越村庄，来到村口一个蔚蓝的湖边。

　　那个湖之所以蔚蓝，不是因为它有多深，而是因为它倒映了蓝天的颜色。它小到没法形容，形状像一只打开壳的蚌。它远离喧闹，在村口低调地存在着，一些沙

漠植物围绕在它四周，就像睫毛围绕着眼睛，就像星星守护着月亮。

　　爷爷说，这个湖被村人们奉为"圣湖""生命湖"，你可以想象，在这里，这个物以稀为贵的淡水湖，是多么神圣不可侵犯了。水的饮用在这里是平均分配的，这个湖的水，每人每天只能取一小瓢，由酋长分配，多一滴也不行，即使在即将渴死的时候，也不能开怀畅饮。因为他们有淳朴的认识，沙漠里的水珍贵，要是不省着用，很快就会干涸甚至消失的。

　　所以，在这里，即使一个小孩子也知道，要像爱护自己的眼珠子一样爱护水，不能浪费一滴。谁若盗用或者糟蹋水，等于犯罪，要受鞭刑甚至被判刑坐牢的。

　　这也太夸张了吧？我不由得伸了伸舌头。

　　长鼻子爷爷不高兴了，他说："你们这些外来的小客人不懂啊，没有水就没有生命。连我们血管中流淌的，也是红色的水啊。如果这个湖枯竭了，这里的人很快都将变成沙粒。沙漠就是这样形成的！"

　　我和骑士蝶诚惶诚恐地点着头。我开始以赎罪的心情聆听每一句话，因为那每一句话都是哲学和真理。

　　爷爷说，以前这个湖泊并不像现在这样小，相反，它大到望不到尽头。传说，它是天上落下来的一片蓝色，因为留恋沙漠，再也不肯回到天上，这就使蓝天有了一个缺口，后来，古老东方的那位女神——女娲娘娘看它造福沙漠，就飞过来，把那个缺口给补上了。

从此，这个湖泊就成了沙漠生灵的福祉，就连海市蜃楼村，也是因为这个湖而诞生的。圣湖还成了天上的仙女们沐浴的地方，每当她们成群结队地穿着五彩的纱衣从西天飘来，沙漠居民们就会跪地祈祷，祈求她们能带来雨水和吉祥。

可惜，由于气候恶劣和常年持续的高温，这个湖的面积逐年减小，终于变成了现在的样子。如果保护不当，某一天它可能会彻底干涸。而湖边所有会呼吸的生命，也将随之消失。

我打量着眼前的圣湖，发现它的水的确并不丰盈，湖面皱巴巴的，像老人满是皱纹的脸。湖边的树下，有个老人正将下巴抵在拐棍上喃喃自语着什么，他的眼睛紧盯着湖面，好像担心它会突然消失了一样。还有几个腰悬刀具的人在湖边来回巡视，迈着庄严得有些可笑的步伐。

长鼻子爷爷告诉我们，圣湖白天黑夜都有卫士专门看管，以保持它千年不变的圣洁，所有庄严的仪式，也都在湖边举行，但无论怎样的仪式，都不能落入一根草，一点脏物。

这时候，爷爷用手招呼我和骑士蝶飞得更近些，悄

悄地说："我的小客人啊，你们知道，天上的仙女为什么要从天上飞下来，专门到圣湖沐浴吗？"

我和骑士蝶同时摇了摇头。

"是因为这里神圣的湖水，含有特殊的功效。它的神秘，没人能解释得清楚。"

我和骑士蝶忙问什么功效？

长鼻子爷爷四望一下，低声说："生命湖的水为什么被视为圣水？你可能听所未听，闻所未闻。那些患有皮肤病的人，奇痒难忍的人，伤口长久不愈的人，污言秽语的人，口眼歪斜的人……只需要跳进湖里沐浴一番就好了；据说，将死之人如果能够到湖里沐浴，还可以起死回生呢。"

"真的吗？那海市蜃楼村的人不就可以长生不老了吗？"我羡慕得不知说啥好了。

爷爷摆了摆手，严肃地说："世世代代，没有一个人这么试过！"

"为什么？"骑士蝶的好奇心也被爷爷勾起来了。

爷爷回答："他们在奄奄一息之际，宁肯让灵魂沉入永恒的黑暗，也不肯让自己的污浊之身亵渎了这神圣的水源。因为一个人起死回生不重要，重要的是世世代代的后人们，能继续享受这上天的恩赐！再说啦，水既然清洗了有病的人，那它自身一定感染了病菌，这样的水，还能饮用吗？"

骑士蝶听了，忙双手合十，虔诚地拜了拜，也不知是拜湖水，还是拜村人。

"可是，既然仙女们能沐浴，为什么人类不能……"我冒冒失失地说，话还没说完，就被老人慌忙打断了，"人怎么能跟仙人攀比呢，上帝啊，请饶恕这个口无遮拦的小客人吧！"

我吐了吐舌头，忙依样画葫芦，像骑士蝶那样双手合十拜了拜，也不知是拜上帝、拜湖水还是拜村人。

长鼻子爷爷说："我的小客人啊，世间的事，都是密切相连并且有前因后果的。所以，人在做事情时，一定要想一想，这样做，是不是正确，是不是侵犯了别人的利益？"

长鼻子爷爷还告诉我们，在这个神圣的湖边，经常看见异象，或者发生些神奇的事情。有一次，他还看见了一位美丽的红纱少女，十三四岁的样子，赤着脚，头上插着黄色和蓝色的野花，轻盈地飞过湖的上空。与她一起飞翔的，还有一只硕大的黑色蝴蝶，他的前翅上各有一抹绿色，看上去既威严，又神气。他还听那个红纱女孩用脆生生的声音喊着："快点呀，老绿虫！"

红纱女，老绿虫？我和骑士蝶面面相觑，难道真的是他们？

　　我急忙问长鼻子爷爷，可看见他们结伴飞去了哪里？他摊摊双手："这谁知道啊，他们只是这片沙漠的过客，而我们看见的，只是目力所及的远方。反正，他们的身影最后消失在那边了，我的小客人啊。"

　　说着，长鼻子爷爷指了指前方，越过无际的沙漠，那里，正是骑士蝶所说的蝴蝶王国的方向！顿时，我的心里涌过一股热流，我要尽快飞到那个神奇地方，找到老绿虫，告诉他木槿山谷发生过的一切和慈母蝶的遭遇；我还要探询他们从人间到高山王国，又从高山王国回到人间开辟蝴蝶王国的秘密。我相信，这一定是个传奇。

　　我扑扇着翅膀极目远眺，可惜风中，没有留下这一老一少的任何踪迹。我渴望着，尽快揭开这重重的疑团，并为蝴蝶姐妹们找到理想的栖身之地。

4. 最美女人和最丑男人

　　我们来到长鼻子爷爷家，见到了这个村里最美的人：长鼻子爷爷的太太。一看到她的身影，我和骑士蝶就恍然大悟了：原来这里以胖为美啊，嘻嘻！

　　以这个标准，这位老奶奶当然最美无疑啦，她就像一棵浑圆壮实的猴面包树，对我们来说，她那壮观的身躯简直遮天蔽日，而她身上的肉看起来又白又暄，所以长鼻子爷爷喊她"我最美的面包老太婆"，而老奶奶喊他"我的丑老头子"！

　　回头看看瘦得像树根似的长鼻子爷爷，我们都捂着嘴巴直乐。爷爷拍着瘦巴巴的胸脯，自豪地说："别笑，我的小客人啊！最丑的男人却娶了最美的女人，这在海市蜃楼村可是个传奇哩。"

　　面包奶奶笑声响亮，他们热烈地拥抱在一起，彼此

用嘴巴亲了亲对方的腮，还拍了拍对方的背。长鼻子爷爷在面包奶奶的怀抱中，几乎找不到存在感。最美和最丑的人拥抱，真是太有喜感了！可是我们不敢笑。

这时，有两只花花绿绿的"圆球"滚过来了，脆生生地喊着爷爷，上来就将长鼻子爷爷那两条瘦巴巴的腿搂住了，一边一个。原来是爷爷奶奶的孙子孙女，那对龙凤胎。这兄妹俩四五岁的样子，他们的脸是圆的，身躯是圆的，满是肉窝的手和脚是圆的，五官也让肉肉给包围了：鼻子、眼睛、眉毛……嘴巴更是让肉肉挤成了花生米那么大的一团儿。

看来，村里甭想有孩子能跟他俩媲美了！

长鼻子爷爷忙从胸前的衣襟里掏出两个拨浪鼓，这两个礼物可把胖哥和胖妹乐坏了。他们笑嘻嘻地摇了几下，就看见了在头顶飞来飞去的我们。

胖哥说："妹妹你看，那两个客人是谁啊？"

胖妹答："那不是蝴蝶吗？哥哥，你傻啊！"

"我不傻，我只是从没见过这么美丽的蝴蝶啊，妹妹，你见过吗？"

"你要是没见过，我咋会见过呢？哥哥你忘了吗，咱俩从生下来就没分开过呀！"

"我没忘，我是想提醒你，客人来了应该邀请他们去客厅做客啊，还在这里磨叽啥？"

"可不是吗，哥哥呀，咱们终于有会飞的朋友了，可是咱们俩却失礼啦！"

"那咱们就重新把迎宾仪式演习一遍吧，妹妹呀！"

于是，这两个小活宝就摆动着手脚跳起迎宾舞，对我俩表示欢迎，他们眼波流转，做着各种滑稽的表情，肥厚的小肚皮像翻滚的波浪。长鼻子爷爷和面包奶奶乐得眼睛都找不到了。

一曲完毕，我俩就飞到这俩小宝贝的手心里，随他们进入了铺着地毯的房间。

房间里没有多少摆设，却非常整洁干净。在沙漠里，为什么却不见丁点儿尘土呢？听我提出这个疑问，面包奶奶边给我们端来水果饭菜，边风趣地说："有沙土的，我的小客人啊，你们看见我家的狗狗了吧，都让狗舌头给舔干净啦！"

她这样说，趴在门口的黑狗不好意思了，忙低下头，用爪子遮住了脸。它黑得像只煤球。面包奶奶说，它害羞，认生呢。

这时，长鼻子爷爷从罐子里掏出一条湿漉漉的毛巾，用双手小心地捧着，郑重地请我们擦擦手和脸。原来，这里没有水洗脸，只有尊贵的客人来了，才能享受这个奢侈的待遇。他们的一生只能洗有限的几次澡：孩

子出生的时候，女人出嫁或者男人娶亲的时候，离开这个世界的时候。

可是，他们并不为此感到悲哀，也并没有因此经常生病。长鼻子爷爷自豪地用手指弹弹自己的肌肤，说："我的小客人啊，你们看，我们虽然不常洗澡，但是我们身上却很干净，而且我们的皮肤晒得像脚掌一样又厚又硬，连蚊虫都咬不动我们了，呵呵呵，连毒辣的沙漠太阳也拿我们束手无策。"

举行完这神圣的擦手仪式，他们一家人吃着香喷喷的烤包子和羊肉，还有猴面包树的叶子做的菜，几根手指样的沙漠萝卜。我和骑士蝶则吮吸着蜜一样甜的沙漠水果，还有猴面包树的果肉做的果汁。吸几口，我俩就飞到胖哥和胖妹的肩头上玩一阵，把他俩逗得咯咯大笑。在这里，我和骑士蝶都童心焕发。

这对兄妹俩吃得差不多了，就开始一唱一和地逗乐儿，令人捧腹。

"哥哥，窗外美人蕉上的那只虫子，为什么是绿色的？"

"因为，他吃了沙葱啊，妹妹！"

"那这只帅帅的大蝴蝶哥哥，他的翅膀为什么是蓝色的呢，哥哥？"

"因为，他把蓝天的颜色穿在身上了呀，妹妹！"

"那这只美丽的蝴蝶姐姐，她的翅膀为什么是透明的呀，哥哥？"

"因为，她的翅膀是水晶和玻璃做的呀，妹妹！"

"不对呀，水晶和玻璃是硬的，蝴蝶姐姐的翅膀却是又薄又软的呀，哥哥！"

"那是因为，她在烈日下飞，所以才晒得又薄又软的呀，妹妹！不信，你把你的红裙子放在太阳下晒晒，它肯定会褪色的；你把一把香菜放在阳光下晒晒，肯定就软了。"

"那蝴蝶姐姐的翅膀是透明的，为什么后翅上还有那么美的玫瑰色，就像用彩笔染的呢，哥哥？"

"那是因为，她飞过玫瑰花时，被染上的颜色啊，妹妹！"

"但是，我们也曾经到'母鸡老爷'的玫瑰花园里去玩过呀，你还摘了一朵玫瑰花送我，为什么我的衣服没染上玫瑰色呢，哥哥？"

"那是因为你的裙子本来就有颜色，所以染不上啊，妹妹！如果你的裙子是透明的，你再试试……"

骑士蝶乐得飞不起来了，我也笑得直打喷嚏。那对小宝贝自己也忍不住，笑着滚到爷爷怀里，长鼻子爷爷乐呵呵地，像怀抱着两只小香瓜。

这时，面包奶奶突然在外面喊起来："天哪，天

哪，可不得了了，我的上帝啊！"

大家不知发生了什么事情，忙往外冲去，那对双胞胎奋勇争先"滚"出门槛，长鼻子爷爷不小心撞到门框上，把头撞出了个大包。

只见天空正飘着针尖大的小雨，不等落到地上就干了。面包奶奶跪在地上不停地磕头，激动得痛哭流涕。旁边，摆着一溜儿的盆盆罐罐，雨滴落到里面，连个响儿都敲不出来。

见此情景，长鼻子爷爷也"噗通"跪倒在地，口中反复呢喃着感恩的话语，那对龙凤胎也忙学他们的样子跪下去，双目紧闭，双手合十，嘴里熟练地咕噜个不停。

我有些纳闷，就这么点小雨，至于激动成这样吗？看，下了半天，只是溅起了零落的尘土，连地皮都还没有打湿呢。

不多一会儿，雨就停了。面包奶奶和长鼻子爷爷忙爬起来，去收拾那些盆盆罐罐。他们将所有水集中到一个盆中，几乎能将盆底盖过来了！面包奶奶和长鼻子爷爷激动地又是亲吻又是拥抱，那对龙凤胎则趁机将小胖手指伸进盆里，沾了几滴放在舌头上品呷着，看那陶醉的表情，就像品尝蜂蜜一样。

面包奶奶将盆端进屋藏起来，又像只球一样滚出来，冲我和骑士蝶张开怀抱，我俩忙飞到了她伸出的两只手掌上。

面包奶奶激动地亲了亲我俩的翅膀，大声地说："我尊贵的小客人啊，谢谢你们，是你们给沙漠带来了吉祥的雨水，对我们来说，这可真是难得的好运气啊！"

"可是，连地皮都没有打湿啊。"我难过地说，好像就下这么丁点儿雨是我和骑士蝶的责任。

"这已经是百年不遇的好雨了，"面包奶奶说，"这已经把这里一年的雨水都下完了啊！"说完，她又激动起来，双手合十，再次泪眼婆娑地感恩上苍，赐给他们这比黄金和油更珍贵的雨水，也让她那对龙凤胎孙子用舌尖品尝了雨水的甜蜜。

我不由得想起木槿山谷那些丰沛的溪流，噙着露珠的花朵，只是那里再好却没有自由，大家无法感觉到幸福；沙漠资源匮乏，生存艰难，可是在这里，哪怕一滴落在舌尖上的雨，也足以让人心满意足，对上天的赐予感恩戴德。

我明白了：有一颗感恩的心，便是世间最大的财富，谁也无法夺走。懂得了感恩，幸福便会不唤自来，如影相伴。

第七章

斗智斗勇

1.猴面包树和抢猫的猴子

长鼻子爷爷带我们来看猴面包树，这些古老的树实在是太奇葩了。它高大粗壮，是个巨型的大胖子，树身要几十个人手拉手才能合抱，但它的树干却光秃秃的，不长枝丫，直到树顶才突然炸开了似的开枝散叶，就好像突然戴上了一顶繁盛的大帽子。枝杈也千奇百怪，酷似树根，好像根系长在了脑袋上，变成了一种奇特的"倒栽树"。据说，非洲土著人称它为"瓶状树"。

长鼻子爷爷拍着一棵猴面包树的树身，亲昵地称它为"大胖子树""树中大象"，他扮了个滑稽的鬼脸，摊摊手说："没办法，我们海市蜃楼的树，就是这么有个性！"

在这里，我看到大象、狒狒、猴子和平共处，它们或悠然自得，或上蹿下跳，或闭目养神，其乐融融。一只大象不紧不慢地走过来，它看见了龙凤胎，就亲昵地用鼻子将他俩卷了起来，稳稳地放到了背上。双胞胎骑在大象背上，开心得像对抓耳挠腮的小猴子。我和骑士蝶绕着龙凤胎飞，他俩那脆生生的笑声，在蓝天白云下传出很远，很远。

长鼻子爷爷说，别看猴面包树树身庞大，枝头却经常"秃顶"，像个大个子顶着个小脑袋，看上去很滑稽，旅人们见了都忍不住要捂着嘴巴笑。我们运气好，正赶上它的果实成熟。看，梨子一样形状的果实挂满树冠，成群结队的猴子正在树上摘果子吃呢。看见双胞胎骑着大象走过来，小猴子们忙争先恐后地给他俩往下扔果子，差点儿砸到我的翅膀上。

胖哥和胖妹都接到了几个果子，他们抱在怀里，冲猴子们喊着："谢谢了哈，猴哥哥呀！"小猴子们高兴得上蹿下跳，吱吱叫个不停。

"尊贵的客人啊，你俩知道它为啥叫猴面包树了吧？"胖妹问。

"不知道啊！"我和骑士蝶故作懵懂。

"唉，你俩咋这么笨呢，因为猴子爱吃它的果实啊！"胖哥和胖妹争先恐后地说。

长鼻子爷爷笑了。他说，猴面包树可是植物界的寿星，它的寿命很长，能活五六千年，人再能耐，却连一

百岁都难活过，还有啥可以得意狂妄的呢？所以像那个沙漠首富，才是世界上最愚蠢的人。

长鼻子爷爷告诫我俩，以后穿越沙漠的时候，要朝着有猴面包树的地方飞，因为猴面包树与生命同在。说着，长鼻子爷爷用小刀在树身上割开一个小口，汁液立即像清泉般喷涌而出，把我和骑士蝶喷出去好远，还溅了大象和双胞胎一身。那对小宝贝咯咯地笑得停不下来了。

在这如此干旱的地方，猴面包树为何还能储存那么多的水分呢？真是太神奇了！这看似其貌不扬甚至有些古怪的树，不知解救了多少因干渴而生命垂危的旅行者。长鼻子爷爷赞叹说："猴面包树不愧是神圣的生命之树，是值得人跪下来顶礼膜拜的树啊！"

长鼻子爷爷的话刚说完，骑在大象身上的双胞胎就要往下跳，把大家吓坏了。大象忙屈下前腿，让他们爬下来。我们都不知这对小宝贝要干啥，却见他俩二话不说，冲着猴面包树就跪下来叩拜。我和骑士蝶见状，也忙双手合十，朝树拜了又拜。

在这里，我们学会了随时随地朝敬畏的事物献上自己的手掌和膝盖。

趁长鼻子爷爷在和人闲聊，双胞胎悄悄招呼我俩去看一棵老猴面包树。那棵树一定是树祖宗了，树身都已经被掏空了，里面竟然还住着一户人家，一位美丽的女人正在给孩子喂奶，旁边堆放着一些水果，还趴着一只妩媚的小羊，一只母猫正搂着一只小猫呼呼地睡午觉呢。

双胞胎跑到树洞里捉迷藏，我和骑士蝶也飞了进去。呵，这真是天然的好房屋啊，那么幽凉，与外面的酷热形成了鲜明对照。怪不得面包奶奶说，在猴面包树里面贮存食物和水果，很久都不会腐烂变质呢，这简直就是一个保鲜库啊！

那两只猫被惊醒了，跑过来和我们玩耍。小猫的一只眼睛是绿色的，另一只眼睛是蓝色的，看上去很呆萌。它用小爪子捕捉我和骑士蝶，见捕不到，就又去挠胖哥和胖妹，把他们逗得咯咯笑个不停。

这时，一只母猴突然跑进洞来，伸出长臂抱了那只小猫就跑，猫妈妈自然不甘心自己的孩子被抢走，她弓起背，龇牙咧嘴地和母猴厮打起来，双胞胎也挥舞着小拳头帮忙。可是，尽管他们使出了浑身解数，小猫还是被母猴抢走了。

大家追出树洞，却见母猴抱着小猫上蹿下跳，眨眼间就在密林中消失不见了。

猫妈妈气得呜呜直叫，女人也叽里咕噜地骂起来。原来，这只母猴刚失去了爱子，便将小猫当成了自己的

孩子，经常趁人不备前来将小猫抢走，露出肚皮给他喂奶，还喂他水果吃。

骑士蝶不愧是个见义勇为的骑士，他毫不犹豫地抽出利剑，要去替猫妈妈追回宝贝，我当然也不甘落后。于是，我们陆空同时出发：双胞胎和猫妈妈在地上跑，我和骑士蝶在半空飞着搜寻目标。

在一棵高耸入云的猴面包树上，我们终于发现了母猴和被掠来的小猫。只见母猴正将猴面包树的果实往小猫嘴里塞，小猫喵喵叫着，脑袋左右摇摆，不肯吃。母猴只好把果实扔了，却又不知用什么来安慰小猫，急得抓耳挠腮。

骑士蝶见状将剑插入剑鞘，朝地上的猫妈妈挥动着翅膀示意，猫妈妈立即心领神会，"嗖嗖"地往树上爬来。

母猴挠着头，正为不知怎么哄小猫一筹莫展，她突然想起了什么，忙搂过小猫，用爪子小心地扒拉着他的毛发，抓到一种寄生虫就扔进嘴里。她的动作很温柔，小猫也很享受的样子，在她怀里瞪着懵懂的眼睛，以至于自己的妈妈爬到树上来了，也浑然不觉。

母猴也正专注地为"儿子"捉虫挠痒痒呢，丝毫没注意母猫已经悄悄爬到了她身后。猫妈妈朝着母猴一巴掌拍过去，一点也没客气。母猴迅速反应过来，她用一只胳膊夹着小猫，往更高的枝头爬去，但她这个假母亲，又怎能斗得过一位真母亲呢？猫妈妈发威了，她弓着背呜呜叫着，龇牙咧嘴，声色俱厉。

母猴辗转腾挪，左躲右闪，这可苦了怀中的小猫，他被撸着脖子，叫不出声来。他只有半个月大小，面对这样的场面完全不知所措，也不知该如何选择。母猴发现自己的"儿子"受了委屈，慌忙松松胳膊，手忙脚乱地拍打着他，亲吻着他的脸。

猫妈妈趁机跳过来，又恶狠狠地挠了母猴一爪子，这下，母猴那张脸真的变成"猴儿脸"了。怀中的小猫看见她脸上的几道血痕，吓得"喵唔"了一声，缩着身子一个劲儿地发抖。母猴看上去心疼得不得了，她一边手忙脚乱拍着小猫，一边还得应付猫妈妈疯狂的进攻，渐渐地力不从心了。

受到这样激烈的攻击，母猴似乎清醒了。她紧紧搂着小猫，将脸贴到他的脸上，一动不动地坐了半天，才抱着他慢慢爬到猫妈妈身边，将小猫小心地放在她前面的树杈上，然后，她往树的更高处爬去，边爬边回头恋恋不舍地看着小猫。

猫妈妈大概怕母猴反悔，忙叼着小猫急匆匆地往树下跑。我和骑士蝶也一左一右陪着她往下飞去。母猴在树的高处停下了，她一动不动，看着小猫被猫妈妈带

走。我看见眼泪，从她眨动的眼睛里不停地滚落。

这是一位悲伤的母亲。她这一刻的悲伤，超过了世上所有的悲伤，可惜没人能懂。虽然我从没体验过母爱的滋味，但是这个场面，令我终生难忘。

2. 酋长的审判

我们在猴面包树间飞来飞去，和双胞胎捉着迷藏，很快就又渴又累，翅膀上也落满了尘土——沙漠的沙尘实在太多了。作为一只爱美的蝴蝶，我无法忍受自己这脏兮兮的样子，总觉得身上长满了寄生虫，奇痒难当。

我突然想起那个像蚌一样的圣湖，悄悄地向骑士蝶耳语了几句，骑士蝶一愣，坚决地冲我摇摇头，说既然沙漠之湖如此神圣，千万不要冒犯它，更不要糟蹋水源。他越这样说，我越任性起来，噘着嘴巴说："难道你忘了我是一只爱美爱干净的蝴蝶了吗？再说，我们又不是人类，体型这么小，冲洗一下翅膀上的灰尘，怎么能算是糟蹋水呢？"

骑士蝶的口气从没有过的强硬，"不行，既然我们是这里的客人，就要遵守这里的规则，谁也不能例外！"

　　我有些下不来台。他越这样说，就越激起了我的逆反心理，我赌气地说："好吧，既然你不肯给我放哨，我就自己飞过去！反正，我就是用翅膀沾一点水，不算污染水源。我会速战速决，不会有谁看见的！"

　　说着，我就掉头往湖边飞去，骑士蝶只好追上来。谁知，还是被眼尖的胖哥发现了，他在后面喊着："尊贵的客人啊，你俩要去哪里呀？快回来，当心碰上母鸡老爷，他天天都在打你俩的坏主意呢！"

　　胖妹帮腔说："是啊，还有他家那条多管闲事的狗，牙齿可痒着哩！"

　　我没搭理他们，逃也似的一个劲儿地往前冲，可能因为慌张，我竟然乱了方寸，盘旋了半天才找到湖的位置，可是，当面对着那片宝石般神圣的蓝色时，我竟有些不知所措了。

　　骑士蝶追上来，严厉地喊着："梦蝶，不要任性！"

　　我不理他，慌慌张张地盘旋了几圈，发现守湖的卫士还在湖对面巡视，这才放了心，但我没敢飞到湖心，只在岸边用翅膀沾了沾水，清洗起来。

　　骑士蝶冲过来想将我拉走，谁知这时，狗的狂吠声突然在远处响起来，伴随着"母鸡老爷"的叫喊声："快来看啊，果真有家伙在湖里洗澡，真伤天害理哟。上帝啊，亵渎圣水，等同于冒犯神灵，这可是自古以来的第一罪孽啊！"

我想逃走，可是已经来不及了。"母鸡老爷"的那条凶神恶煞的狗已经蹿过来了，它伸着长舌头，声色俱厉。后面，是颠着那一身肥肉飞速滚来的"母鸡老爷"和他的瘦仆人。

然后是双胞胎、长鼻子爷爷，还有数不清的村民们。

我听见骑士蝶喃喃地说："完了，这祸闯大了……"

我发现我们已经无路可逃了。即使越过湖飞到对面去，也有正在观望的人；即使飞出村庄，人们也知道我们是长鼻子爷爷家的客人，会让他代我受罚。而这，是一只有良心的蝴蝶不能忍受的。

这一瞬间，我追悔莫及。

骑士蝶要拉着我飞到岸上，面对那些愤怒的人群，我扭扭捏捏地不肯。他告诉我，闯了祸就要面对，不能逃避。我只好垂头丧气地随着他飞，我知道他是对的。我们不能一飞了之，让善良的老爷爷代为受罚。

在岸上，我看见村民们围着一个包着白头巾、满脸威严的老人，他端坐在台子上，长得又黑又瘦又小，像只风干鸡。那个台看上去像个祭台，他坐在那里却像审判官的样子。

骑士蝶低声说："这一定是村长或者酋长了。"

　　一群人站在台子下，群情激奋。我看见满脸惶恐的长鼻子爷爷，赶紧飞到他的肩上，这下，他低垂着头，几乎不敢抬头见人了。

　　我这才知道，事情的严重性远远地超出了我的想象。

　　"母鸡老爷"一见我俩就嚷起来："好，还敢飞过来，这对胆大包天的蝴蝶真有种啊，啧啧啧！"他用手一指，他那只彪悍的狗就上蹿下跳起来，看那架势，不把我们连同长鼻子爷爷的肩膀咬下一块肉来，不肯罢休。

　　众人纷纷指责长鼻子爷爷，说他给海市蜃楼村带来了妖蝶，破坏了千年圣洁的湖水和祖辈传下来的规矩，说不定，还将给这个祥和的村庄带来霉运。长鼻子爷爷更加惴惴不安，我感觉他的肩头抖得厉害，几乎把我俩给颠下来了。

　　"母鸡老爷"更加得意，他给台上那位"风干鸡"行了个礼，义正词严地说："酋长大人，您看，对这两只玷污了圣水的贼蝶，不严惩不足以平民愤吧？"

　　"必须严惩！"那位小个子酋长说，"同时，我还要重赏这两个举报罪犯的小功臣！"

　　这时，有人把那对双胞胎推到了酋长面前，酋长抚摸着他们的头，命人盛了两葫芦水奖给他们，双胞胎刚要伸手去接，听见爷爷咳嗽了一声，连忙一起摆着小胖手说："不要，不要！"

说着，双胞胎就跑回了爷爷身边，爷爷举起大巴掌要扇他们，见众人正望着他，慌忙将手藏到了后面。我怎么也想不到，竟然是这对双胞胎告的密。但是，站在村里人的角度想想，这两个小家伙又有什么错呢？

众人见双胞胎不要那两葫芦水，纷纷夸奖他们懂事知礼，长鼻子爷爷高风亮节、教育有方，要知道"母鸡老爷"家里也没有满满的一罐水呢。

"母鸡老爷"听了，嬉皮笑脸地对双胞胎说："何必呢，小宝贝儿！你家一年到头连个澡都洗不上，更不用说把水喝个够了！出卖客人，不就是为了得到奖赏吗，还这样扭扭捏捏干啥哩？"

双胞胎听了，一起朝"母鸡老爷"吐了口唾沫。

"宝贝儿，甭怕你那个丑爷爷，过来，把你们该得的赏赐领回家去，美美地喝一顿。多大的荣耀啊，快回去跟你奶奶显摆显摆！""母鸡老爷"还在装好人，话语中却透着揶揄。这下，可把胖哥胖妹给惹恼了，这对小活宝在众目睽睽之下又一唱一和，说起了相声。

"妹妹，你听爷爷说过，在古老中国有个智慧的谚语吗？"

"听说过呀哥哥，是'一粒老鼠屎坏了一锅汤'吗？"

"是啊，妹妹！那你猜猜，首富老爷他是那粒老鼠

屎，还是那锅汤呢？"

于是，妹妹说是老鼠屎，哥哥说是那锅汤，兄妹俩认真地争论起来，各不相让，众人都捂着嘴巴偷笑。"母鸡老爷"那张脸气得红一阵白一阵，差点儿就和湖水一个颜色了。长鼻子爷爷吹胡子瞪眼睛，用食指在兄妹俩额头上各弹了一下，才平息了他们的争端。

我十分沮丧，附在长鼻子爷爷耳边羞愧地说："对不起，爷爷，我只想着洗一洗身上的污垢，却没想到惹来这么大的麻烦。"

"我的小客人啊，我告诉过你，在我们沙漠里，水比血还要珍贵的啊。我也告诉过你，我们海市蜃楼村的人，宁肯死去也不肯到湖里去沐浴求生的啊。"

"可是，我没想到，连我们蝴蝶也不能在湖里洗浴……"我嘟嘟囔囔地辩解着，无地自容。

"是啊，爷爷，山河湖海本来就是所有生灵的领地，不能仅仅属于人类所有，无论谁累了谁渴了，看见水，都该有洗浴解渴的权利啊！"骑士蝶为了保护我，竟然也据理力争起来。

长鼻子爷爷听了，顿时吓得手足无措，他摇着手说："尊贵的客人啊，小声点，可千万别让酋长和'母鸡老爷'听见了。俗话说，入乡随俗，你说出这样的话，会被视为大逆不道、蛊惑人心，甚至会被送到镇法庭审判处死的！"

"可是，我是蝴蝶啊，爷爷，难道非得要遵守你们人类的法律吗？"我又羞愧又委屈。

"小声点啊，小祖宗！"长鼻子爷爷浑身筛起糠来，"你们在这里，就得遵守当地的法律和风俗习惯，万类平等，王子犯法还与庶民同罪呢。"

"可是，我的个头儿这样小，能糟蹋几滴水呢？"我又有点儿不服气起来。

"一样的，糟蹋一滴和一罐的道理是一样的！事有大小，但行为的善恶对错相同！既然是饮用水，那就谁也不能用不洁的身体来污染它！"老爷爷的犟劲儿也上来了。

这时，端坐在台上的酋长不耐烦地喊了起来。

"嗨，我说，村里最丑的那个老东西，你家的客人糟蹋了神圣的湖水，你先来说说，该如何惩治吧！"

长鼻子爷爷忙躬下身，对瘦巴巴的酋长说："酋长啊，我们海市蜃楼村虽然珍爱水源，但是我们也应该遵守待客之道，虽然她弄脏了这里的水，但是不知者不为怪也。她毫无恶意，她只是一只爱干净的小蝴蝶而已啊，又不是我们人类。"

"母鸡老爷"不屑地撇撇嘴："难道没有恶意的犯罪就不是犯罪吗？难道一只蝴蝶犯罪就该得到原谅吗？

依本老爷看，就应该让犯错的那只蝴蝶，立在仙人掌的刺上，接受鞭刑。"

长鼻子爷爷一听就急了，他单手放在胸前，说："酋长啊，首富老爷他虽然有钱，但是他的灵魂并不高贵，让一只在水面上沾了沾水的蝴蝶站在仙人掌刺上受罚，这是人做的事吗？吃人的鳄鱼也想不出这么歹毒的损招来呀！"

众人议论纷纷，有的说罪有应得，但多数人还是觉得，这样惩罚一只小蝴蝶，有些重了。

我暗暗瞅了一眼那一排浑身是刺的仙人掌，吓得鸡皮疙瘩都冒出来了。

酋长侧耳听了一下众人的反应，支支吾吾地说："嗯，你说的话好像也有道理，但是她破坏了这里的规矩，玷污了湖水永恒不变的纯洁，不惩罚如何说得过去哩？"

"酋长大人说得没错，管他是人还是蝶，只要犯罪，就该受到制裁！""母鸡老爷"趁机火上浇油。

骑士蝶飞离了老人的肩头，飞到酋长面前："既然这样，那就请酋长大人惩罚我吧！"

"母鸡老爷"叫起来："反对！这不是他的罪过，不能由他替代。"

"对不起，首富先生，我不是同您对话！"骑士蝶

彬彬有礼地说，"尊敬的酋长大人，我想问问您，我们
无论做什么事情，是不是都要恪守规矩？"

酋长傲慢地昂着头："那当然了，大蓝闪蝶先生。"

"好，既然我们来到了你们海市蜃楼村的地盘上，
就该遵守你们的规矩，我们犯了错，任由您来惩罚。但
是，作为蝴蝶，我们也有我们的规矩，请问酋长大人，
您是不是也该尊重一下我们蝴蝶的规矩？"

"这是必须的，大蓝闪蝶先生，我们海市蜃楼的人
最通情达理。尊重，本来就是相互的，真理永远不可能
只站在谁的一边。"

"谢谢您，尊敬的酋长先生，您真是公正无私。那
么，我现在就告诉您，我们花之谷的规矩，如果女生犯
了错，首先要追究家人的责任；如果家人不在，就要追
究兄长或者姐姐的责任。总之，长辈要对晚辈负责，年
长的要对年少的负责！"

酋长频频点头，若有所思。

骑士蝶越说越激动起来："这只玫瑰水晶眼蝶无
依无靠，在失去自由的木槿山谷长大，我跟她虽然没有
血缘关系，却是她感情上最亲近的兄长。她无意中犯了
错，弄脏了这里的圣水，也冒犯了长者们的尊严，这个
罪过，必须由我来承担！"

听了骑士蝶的话，长鼻子爷爷怀中的双胞胎哭了，

他们抽抽噎噎，相互为对方擦着眼泪。

酋长似乎也犹豫起来："这不是你的错，怎么能让鞭子在你身上落下来呢？"

骑士蝶说："妹妹犯错，是哥哥教育无方，要惩罚，必须先惩罚我。请酋长大人不要为难，我知道您必须要平息首富老爷和众人的愤怒，但也请不要破坏了我们蝴蝶的规矩。"

骑士蝶说着，就落下来，将胸脯抵在仙人掌的刺上。

那一刻，我看见他因疼痛而剧烈颤抖起来，我看见那些刺一点一点无情地刺进了他的胸膛。

"不！不要！"我冲过去试图拉起他，大喊着，"我们蝴蝶没有这样的规矩，就让你们的鞭子落到我身上吧！"

谁知，听我这样说，酋长先生反而沉下了脸："有哥哥在，哪有你这个妹妹说话的份儿？让开，打，给我打！"酋长对那位光膀子的执鞭人喊了起来。

我的脑袋嗡嗡作响：这一鞭子落下去，骑士蝶那对炫目的大翅膀还能存在吗？他将变成一只无翅蝶，甚至是没有身躯的蝶——我不由自主地联想到了猫头鹰蝶丈夫那惨不忍睹的样子。

我决定以死相拼，可是，作为一只势单力薄、手无缚鸡之力的蝴蝶，我如何能对抗得了一整个村的人，和这个凶神恶煞的执鞭人呢？

　　长鼻子爷爷的脸色也变了，他张着大手疯了似的跑过来又跑过去，不知所措。这时，我才发现，那对双胞胎不见了，他们去哪里了呢？

3. 智慧的一家人

"母鸡老爷"幸灾乐祸地等待着。他的瘦仆人搬来一把椅子请他落座，然后更加卖力地为他摇着扇子，将他腮帮子上的肉扇得哆里哆嗦的，像果冻。

无疑，"母鸡老爷"要等着看一场好戏呢！寂寞枯燥的沙漠生活，难得碰上这么一件轰动性的大事，他那颗想看热闹的心此刻一定乐开了花。

这时，我看见那对双胞胎拉着面包奶奶来了，就像两个小球拉着一个丰满的大面包在滚动。长鼻子爷爷顿时如释重负。围观的人也都来了精神，他们知道面包奶奶来了，就有好戏看了。

那位执鞭人看见了面包奶奶，也踌躇着，没敢下手。

面包奶奶把那双满是豆窝的手往围裙上擦了擦，笑眯眯地对酋长说："酋长啊，是您年长还是我老太婆年长？"

酋长哼了一声说："别跟我论年龄！咱俩是邻居，同年同月同日生，又一起长大，海市蜃楼村的人哪个不知谁人不晓？但就连我们的父母，都弄不清谁先呱呱落地哭出第一声的。"

"那好吧，"面包奶奶依旧笑眯眯地说，"那您说说，咱俩是您胖还是我胖？"

"当然是您胖了。"酋长沮丧地说。在村里，他是第二瘦，也就是说，他是除了长鼻子爷爷之外的第二丑。

"那不就结了吗，我胖您瘦，我美您丑，我强您弱，您就得听我一次。"

"好吧，"酋长无奈地说，"有何事就请您这个大美人儿赶紧开口吧，您这么胖这么美，却老在我眼前晃来晃去的，这不是伤我的自尊吗？还请您高抬贵手，放我这个又丑又老的男人一条生路吧！"

不知为何，刚才还威风凛凛的酋长，一见到面包奶奶就溃不成军了，说的话也不再像一个酋长，而是一个自卑的老男人了。

"我老太婆当然得提我的要求，行使我的权利了，您以为我就白美了吗？"面包奶奶抖着腰说，"您看这

只蓝蝴蝶，他还没有您一只巴掌大，能经得起一鞭子吗？你们这不是仗势欺人要置他于死地吗？欺负一只小蝴蝶，算啥本事！"

"您咋这样说话呢！"酋长嘟嘟哝哝地说，"王子犯法还与庶民同罪呢，法律还管高矮胖瘦、体型大小吗？"

"但是，您想过没有，这事要是传到沙漠外面去，能经得起人们说道吗？您堂堂一个酋长，却毫无慈悲之心，连这么个小生灵都不放过，和强盗还有啥区别？指不定人家还把咱海市蜃楼村当成强盗窝了呢！"

众人面面相觑，长鼻子爷爷面露得意之色，看得出，他很为自己这个会讲理的美老太婆自豪。

"我听我家那老头子说，在古老中国有句谚语：举头三尺有神灵，人在做天在看，酋长，您说是不是这个理儿？什么事都得经得起说道，要是经不起说道，就可能是蛮不讲理，甚至是伤天害理哪！"

酋长听着，一粒豆大的汗珠子从额头上滚落，惊得周围的人忙喊起来："哎呀，不得了了酋长，好大的一滴呀，喂一只麻雀足够了。"

"酋长大人，您可要小心啊，您浪费了一滴水，一滴水可就是一滴血啊！"

酋长慌了，慌忙用手掌托住汗珠，将它吸进了嘴里，就像吮吸一颗珍珠似的。众人这才如释重负，为酋长的以身作则、勤俭节省直竖大拇指。

酋长知道若是跟面包奶奶讲理，肯定耗不起，并且会惹得自己笑料百出，只好苦着脸恳求面包奶奶赶紧说出她的打算。

面包奶奶当仁不让："好吧，既然您让我说，那我老太婆也就不客气了。我向来做事最公道，不偏袒谁，也不欺侮谁。如今你们要惩罚这只大蓝闪蝶，我也不好说啥，但是，他既然是一只蝴蝶，就应该由蝴蝶来做执行者，而不是我们这些虎背熊腰的人类！"

"那怎么行呢，您看这只玫瑰水晶蝶，弱不禁风的，能擎得起一只鞭子吗？您、您这个发小真是为我出难题啊！"酋长气咻咻地拿眼睛瞪着面包奶奶。

"那您总该想个其他的招儿吧，酋长先生？"

酋长想了想，无奈地说："算了，我也不想落个以大欺小的坏名声，要不这样吧，就让你家那对小宝贝一人抽他五鞭子，这事就算了了。"

"母鸡老爷"赶紧把双胞胎推到酋长跟前。两个小家伙你看看我，我看看你，又开始你一言我一语地对答起来。

"你会用鞭子抽人吗，妹妹？"

"会呀，你会吗，哥哥！"

"当然会了，妹妹！你用鞭子抽过谁？"

"抽过偷吃鸡鸭的狐狸，抽过不逮老鼠的馋猫，你呢，哥哥？"

"嗯，我抽过欺负小羊的猴子，抽过咬死母鸡的毒蛇，妹妹，你说这些家伙该不该打？"

"该打呀哥哥，不学好就该狠狠地打！"

"那我们能拿正义的鞭子去抽打朋友吗，妹妹？"

"不能呀，哥哥，正义的鞭子只能去抽打坏人和出卖朋友的人啊！"

"那咋办呢，妹妹！咱俩都变成出卖朋友的人了！"哥哥哭丧着脸。

"那你就给我一鞭子吧，哥哥，狠狠地打，我不怪你！"

"好，你也给我一鞭子吧，妹妹，狠狠地打，我也不怪你！"

于是，这对活宝就说到做到，相互认真地抽来抽去，抽到第三鞭子的时候，酋长捂着脸呜呜地哭了，他说："我们这些大人，还不如这两个孩子呢，他们尚且懂得自我检讨，承担责任，我们却只会推诿责备，而不想想在客人犯错之前，我们身为这里的主人，有过提醒没有，呜呜呜！"

长鼻子爷爷垂着头，走到酋长跟前，羞愧地说：

"罪魁祸首是我啊，酋长大人！是我这个粗心大意的老家伙失职，没提醒客人啊！"

他转向自己的两个小孙子："宝贝，是爷爷的错，你俩一人抽爷爷一鞭子吧！"

双胞胎将头使劲儿摇着，摇得活像爷爷给他们买的拨浪鼓！

这时，酋长擦干了眼泪，将手摆了摆说："算了，就让这一页翻过去吧。我们该守护的圣洁，不仅仅是水，还有心灵，它比什么都珍贵。"

"什么？这、这、这就翻过去了？""母鸡老爷"气急败坏地瞪大了眼珠子，显得十分不甘心。

酋长瞥了他一眼，挺了挺腰杆，义正词严地说："那些唯恐圣湖的水不混浊的人，海市蜃楼村不欢迎他。如果他不能遵守这里神圣的规矩，和谐共生的祖训，就请他从哪里来的回哪里去吧！我们绝不允许一粒老鼠屎，玷污了我们圣洁的生命之源。"

众人都将目光投向"母鸡老爷"，气得他将大芭蕉叶往头顶一扣，逃也似的向远方滚去，他的瘦仆从跟在后面，趔趔趄趄地搬着那把椅子。

酋长见好就收，他站起来挥挥手说："大家都散了吧，蝴蝶沐浴的事，到此结案。这两只远道而来的小蝴蝶，不懂得这里的规矩，应该被原谅。"他四下里张望

一下，低声说："再说啦，毕竟我们的规矩也有不近情理之处，水源不能仅属于人类，众生应该共享，任何一个干渴的过客，都该有喝水洗漱的权利！"

说着，他赶紧捂住自己的嘴，用另一只手打了自己一巴掌。面包奶奶赶紧双手合十念念有词，请上帝原谅她的发小一时糊涂，胡言乱语。无疑，酋长说的话有些大逆不道，在这里大概一千年也没人敢这样说过。

众人面面相觑一番，再也无话可说，很快就散去了。

骑士蝶赶紧拉起我，和长鼻子爷爷一家躬身谢过了酋长。双胞胎还一左一右，亲吻了酋长那瘦巴巴的腮帮子。酋长大人十分满意，也抱起他们各亲了一口，我听见他跟双胞胎悄悄地说："要是当初我娶了你们奶奶，如今我可就是你们的爷爷了。"

胖妹回敬说："那你可就是村里最丑的男人了，嘻嘻。"

酋长用手指刮了一下她的小鼻子："我乐意！"

"我还不乐意呢！"长鼻子爷爷说。

"我也不乐意，"面包奶奶说，"你只能是村里的第二丑，而我，非村里最丑的男人不嫁！"

酋长尴尬地拧一把自己的大鼻子，红着脸说："海市蜃楼村最美的女人，甭在这里跟我这糟老头子贫嘴了，赶紧回家招待这对小客人吧！"说着，他把那两葫芦水塞到了双胞胎的怀里。

双胞胎看了看爷爷奶奶的脸色，欢天喜地地收下了，又往酋长的腮帮子上各亲了一口，酋长激动得脸上都快开出花儿来了。

大家再次谢过了酋长，刚要走，却听酋长悄悄对长鼻子爷爷说："好好招待这俩惹是生非的小客人，请他们吃饱喝足，明天一早，就赶紧送他们走吧。我怕那个来路不明的首富老爷不肯就此罢休，再生事端哟！"

长鼻子爷爷诺诺连声，下意识地回头看了一眼，我和骑士蝶都假装没听见，一个飞到了妹妹的头顶上，一个落到了哥哥的头顶上。

双胞胎各抱一只水葫芦，跟着面包奶奶，蹦蹦跳跳地往家的方向跑去。

4. 沙漠夜空的月亮

　　沙漠夜空的月亮，美得无法用语言形容。只有在沙漠里，你才会真正明白，星星是有重量的，它们真的就像宝石那样，沉甸甸地镶嵌在球形的天幕上，颗颗亮得摇摇欲坠。

　　我们就是在这样的月亮下面，和长鼻子爷爷一家一起吃完了最后的晚餐。饭前，长鼻子爷爷割下一块芦荟，挤出汁液，给骑士蝶擦洗胸脯上被仙人掌刺过的地方，那些伤口很快就愈合了，用的是和拇指部落的阿憨同样的办法，看来人类的智慧无处不在。沙漠生活看似贫瘠，天然宝藏却俯拾即是。

　　院子里种满了大叶子的美人蕉，每片叶子都大过猪八戒的耳朵，每串红花都镶着华丽的金边，开得如火如荼，娇娆炽烈。我和骑士蝶从这朵花飞到那朵花，而哥

哥和妹妹坐在桌旁又聊起来了。

妹妹说："哥哥，你说今天咱俩的表现咋样？"

哥哥说："我觉得挺满意的，妹妹觉得呢？"

"我觉得就凭咱俩的机智勇敢，爷爷也应该奖给咱们半碗水喝，哥哥你说呢？"妹妹朝哥哥挤了挤眼睛。

哥哥心领神会地点点头："咱们都是小孩子，说了不算，就看爷爷的啦！"

长鼻子爷爷岂能看不透他俩的这点小把戏？他朝奶奶使个眼色，奶奶就拿来两只鸡蛋壳，爷爷用钥匙打开一个柜子，从里面抱出一个小罐子，用小勺子舀了半勺水，给他们一人倒了一蛋壳。

两人赶紧用食指小心翼翼地沾了一滴，敬天敬地一番，这才开始用舌头舔舔，仰起头陶醉一番，然后用舌头舔着一点点咽下去，看那无比珍惜的样子，我的眼泪差点儿流出来。

想起今天，我差点儿糟蹋了水源，更是无地自容。

爷爷奶奶当然也忘不了让我和骑士蝶喝一口水，尽管用花生壳盛着，对我们蝴蝶来说，已经足够了。为了明天赶路，我们厚着脸皮分享了这珍贵的礼物。

过去，无论经过哪个地方，莫说丰沛的水源，就是随便哪朵花哪片树叶上的露珠都喝不完，谁曾想到在沙漠里，一滴水是这么奢侈啊！

　　这对小活宝很关心酋长奖励的那两葫芦水，长鼻子爷爷各刮一下他俩的鼻子，说："那个要留着，等你俩过生日的时候，给客人饮用！"

　　胖妹拍着手说："太好了，又会有很多人听说咱俩的故事，朝咱俩伸大拇指了，哥哥呀！"

　　胖哥说："千万别骄傲啊妹妹，要不，葫芦里的水，不等咱俩过生日就会消失的！"

　　胖妹赶紧捂住自己的小嘴巴，然后抓过哥哥的手打了自己的脸一下子，算作惩罚。

　　明天一早，我们就必须离开了。长鼻子爷爷不忍心赶我们，但是我们都心知肚明。明天，我还要忍受双重的痛苦：既要同爷爷一家告别，还要同骑士蝶告别。我将从此独行，开始我飞越沙漠的漫漫长征。不管多么不舍，天下也没有不散的筵席。今天一定会过去，明天一定会到来，谁能阻止时间呢？

　　我想再最后一次看看海市蜃楼的景色，长鼻子爷爷和面包奶奶就邀请我们到屋顶上来观赏——当然，我和骑士蝶是飞上去的，他们一家则是手拉手爬梯子上去的。

　　你可有过这样的经历？在沙漠屋顶上看月亮，就仿佛活生生看见了梦境。

　　我看到了村里人为避免被风沙埋葬开的天窗，看到了天际线的神秘光亮，看到了融化在月光里的蔚蓝圣湖——我因为冒犯了它差点儿被重罚。

街上，灯火通明，笛声和那些异族音乐又响起来了，它们使这寂寞的沙漠显得繁华，脚踝上挂着银铃铛的少女正在跳着肚皮舞，有人拍打着手鼓给她伴奏。那些白天头顶罐子的女人，也加入了载歌载舞的队伍，她们的歌声，就像涟漪一样在沙漠的夜空里荡漾。

双胞胎也被铜镜般的月亮迷住了，想入非非起来。

妹妹说："哥哥，你看月亮婆婆，离得这么近，咱们可以把她捧在手中吗？"

哥哥说："妹妹，我看不能啊。"

"为啥呢，哥哥？"

"因为月亮婆婆要赶路呢，妹妹，她也要回家睡觉啊。"

"哥哥，能让她来咱家做客吗？像蝴蝶姐姐和蝴蝶哥哥这样。"

"妹妹，我倒是很想邀请她来，可是，谁能为咱们送信呢？"

"那就等晚上做梦的时候，我们一起去邀请她吧，行吗，哥哥？"

"当然行啊，妹妹！不过，蝴蝶哥哥和蝴蝶姐姐明天就要走了……"

胖哥说着，就用小胖手抹起了眼泪。

"哥哥别伤心啊，"胖妹说，"等晚上咱们一起去梦中求月亮婆婆，求她帮咱们留住尊贵的蝴蝶客人吧！"

"好吧！"胖哥说。显然，他的话也触动了长鼻子爷爷和面包奶奶的心事，他们也变得伤感起来，相携着默默地爬下了梯子。

爷爷奶奶开始屋里屋外地忙活，我明白，他们这是在为我和骑士蝶准备明天上路的食物呢。身为蝴蝶我们并不能负重，可是，又如何忍心拒绝老人家的好意呢？

我和骑士蝶落在院中的美人蕉上，今晚，我俩打算就在这丛花中休息了。

我听见屋内，双胞胎兄妹的对话：

"哥哥，你睡着了吗？"

"我睡着了，妹妹，你睡着了吗？"

"我也睡着了！"

"好吧，那咱们一起去梦里求月亮婆婆，留住蝴蝶哥哥和蝴蝶姐姐吧！晚安好梦，妹妹。"

"好的，咱们一起去求月亮婆婆！晚安好梦，哥哥。"

于是，他们就真的睡着了。我听见了他们香甜均匀的呼吸声。

月光下，我和骑士蝶各躺在一片美人蕉叶子上，相视一笑，很快也进入了梦乡。

第八章

沙漠历险

1. 历险再次开启

第二天，晨曦微露，我和骑士蝶就从美人蕉上醒来了。沙漠没有山峰的阻挡，一览无余，看到太阳的时间也比别处更早。

长鼻子爷爷和面包奶奶给我们准备了很多好吃的、好喝的，无疑，他们将我俩当作"人"了。他们忘了，对两只蝴蝶来说，所有的好意都是负累，我们小小的翅膀，哪能负载这么多重物？

最后，我和骑士蝶只好各挑了一只水瓶挂在腰上，虽然只有花生米大小，但里面的几滴救命水对我俩来说，已经有千斤重了。他们知道我俩很快就要分道扬镳，所以，连准备的水都是两份。

长鼻子爷爷又让我们再吃颗椰枣。骑士蝶吃完后，端详着它长长的果核，若有所思地将它揣进腰间的小包里了。这是我们最后的早餐了，也许，他想留下点东西做个纪念吧。

告别时，面包奶奶用她的大厚嘴唇，不停地亲吻我和骑士蝶的翅膀，反反复复地嘱咐那些沙漠求生的技能。

长鼻子爷爷哭丧着脸，再也笑不出来了，他的长鼻子也好像变得更长了。

他告诉我们，这片沙漠尤其险恶，无论谁想穿越都将九死一生，即使能活着到达边缘，还有最后一道险关：那里有一片倒伏的胡杨林，沙漠风暴就隐藏在那里，日落前如果里面的人和动物不能逃出，就将会被彻底吞没。自古以来，不知有多少生命葬身于此，我们能不能飞得出，只能看造化了！

长鼻子爷爷再三叮嘱：记住，胡杨林，是即将走出沙漠的标志，却也是这片沙漠最险恶的所在。

我和骑士蝶就在这叮咛声中，恋恋不舍地围绕着这一家人低飞，双胞胎兄妹不停地用小胖手抹着眼泪。

胖妹说："哥哥，难道你昨晚没去梦中求月亮婆婆吗？"

胖哥说："妹妹，我求了呀，月亮婆婆答应帮忙留住客人的呀！"

"我也求了呀，哥哥，为什么他们还要飞走呢？"

"那是不是咱们心不诚呀，妹妹？应该是你先去了，没约我一起去的原因，月亮婆婆不喜欢不团结的孩子。"

"我错了，哥哥，那怎么办呢？要不咱俩今晚再去求她吧？"

"好呀，妹妹！"胖哥用小胖手抹了一把眼泪，"可是你看，人家现在就要飞走了！"

飞出去很远了，我还听见胖哥和胖妹抽抽噎噎的哭声。

飞出了海市蜃楼村，正式与骑士蝶道别的时刻到了。谁知，还没等我开口，他却先开口了："听了长鼻子爷爷的话，再看看这茫茫无际的黄沙，我怎么能放心你独自飞呢？梦蝶，我还是陪你穿越沙漠吧，我决定破釜沉舟了！"

"可是，不是说好了，送我到沙漠边缘，你就返回花之谷吗，你怎能言而无信呢？"我生气了。

"我还是陪你一起飞吧！能为你分担一分危险，我才能心安理得；而如果我们就这样分开了，就是两个人的危险。所以，我还是继续履行我的骑士职责吧。为了你能平安，我宁愿承担回程的孤独。"他故作轻松地说。

那怎么成呢？我果断地停了下来，不再飞。我必须将骑士蝶赶回他的花之谷，否则这送行就永远没完没了，我不能再拖累这个无私的朋友了。我坚决地说："不，骑士蝶，你还是让我自己面对吧。反正，每只蝴蝶都注定是要单飞的，这是迟早的事。"

没想到他和我一样坚决："没关系，就让那天晚一些到来吧。穿越沙漠，也是在实现我自己的梦想。我也想尝试一下，沙漠是不是真的不可征服。这对我来说，也是梦寐以求的经历。这样的经历，也许一生只有一次！"

"可是……"

"不要可是，告诉我，你是愿意还是不愿意就行了！"

"当然愿意了，可是……"

"不要可是了，难道你不愿意和我一起，进行一次艰苦卓绝的旅行吗？就像那天，当我被猫头鹰咬住的时候，你可以用果核刺中他的眼睛，救我于水火！"

"当然愿意了，可是，花之谷更需要你啊，骑士蝶！"

"我知道，我也并没有因为做了骑士，就忘记了我卫士的职责。不过，此刻我是跟你在一起，我觉得现在你比花之谷更需要我。所以，我改变主意了。"

"那……送我到哪里，你才肯返回呢，说话不算数

的骑士蝶？”

“送你越过那片倒伏的胡杨林，战胜沙漠旋风，飞出沙漠，我就回来！”

“那好，如果你再不回，我就打断你的翅膀！拉钩，骑士蝶！”

“拉钩，追梦蝶！”

于是，原本决定单飞的旅途，又变成了结伴而行。这将是我们分道扬镳前最后的历险，也将是最悲壮、最刺激的一次历险。

太阳在头顶，像燃烧的火焰。我们都戴着在沙漠小镇买的草帽，像真正的骑士和公主。可能因为真正的危险还没有到来，此刻的我们兴趣盎然，看什么都觉得新鲜。俯瞰着下面那些起伏连绵的沙丘，它们那么圣洁优美又神圣。飞在沙漠之上的感觉，就像一个王者，统治着漫漫黄沙。也许是因为沙漠人烟稀少，才让我们有了这样的霸气和豪情吧！

“沙漠一无所有，却又应有尽有，终生没到过沙漠的人，真算是白活了。”骑士蝶昂起头激动地大喊着，“上帝啊，我不虚此行！”

我巴不得就这样不停地飞下去。我变化着各种花样翻飞，自己都觉得傲骄得不可一世。骑士蝶哭笑不得，“看你这得意忘形的样子！真正的挫折也许还未到来呢，如果就这样放你自己穿越沙漠，本骑士怎么能放心呢？"

我得意扬扬地回答，"我明白这个道理，一根筷子只能是根棍子，两根筷子就能夹菜吃了。嘻嘻！可是，拿着果核戳瞎猫头鹰眼睛的我，在你心中不是已经变成英雄了吗，你还担心个啥？"

"看来，你现在不仅是英雄，还变成能言善辩的哲学家了！"

"这都是跟你学的呀，嘻嘻。慈母蝶说中国有句名言：近朱者赤，近墨者黑！看来，近骑士蝶，我也快变成骑士喽！"

骑士蝶由衷地说："其实，你本来也是一位侠肝义胆的女中豪杰啊！你面对的不仅是善恶，还有无数的障碍坎坷，你虽然娇小玲珑，却蕴藏着无穷尽的能量。这种能量谁都有，却多数都在沉睡，而你却不停地将它们激发了出来！"

"这是你发自内心的赞美吗？我简直受宠若惊了！我天天盯着的是自己的短板，你却总能从角落里把我的优点挖掘出来。"

"你已经是一位及格的追梦勇士了，不过，我们都还没强大到无懈可击。人最大的敌人其实是自己，除了自己，任何的对手都不可怕！"骑士蝶说。

　　"最大的敌人是自己？难道不是女王蝶、魔镜湖、猫头鹰、幽灵之花、母鸡老爷、沙漠……？"

　　"当然不是，傻瓜！慢慢你就明白了。"

　　我和骑士蝶，就这样在炙烤的烈日下，探讨着哲学的话题。两只小小的飞虫，却凌驾于浩瀚的沙漠之上，挥洒着堪比雄鹰的壮志和豪情。

2. 绝境中的奇迹

一道道沙丘的脊背上，正行走着一匹匹负重的骆驼，驼铃声清亮悠远，令我想起在画册上见到的古老西域的画面、丝绸之路的风光，还有牵着骆驼跋涉的商旅们。自古以来的沙漠之路，注定都是生死未卜的孤寂和苍茫。

翱翔在一望无际的黄沙之上，看不尽光怪陆离的大漠风光。飞着飞着，我们就看到了瀚海中露出的残垣断壁，还有耸立的烽燧，它们在诉说着岁月的沧桑。我不由得浮想联翩起来："在千万年前，那里一定是一座无比繁华热闹的古城，车水马龙，商铺林立，人来人往……"

骑士蝶接着继续想象："嗯，每天都会有风尘仆仆的马帮来到旅店歇息，喝着烈酒，品尝着沙漠小吃，大

张旗鼓地讲述着旅途的见闻……"

"突然有一天，飞来一位仗剑天涯的蝴蝶骑士，他桀骜不驯，劫富济贫……"

"那一定是本骑士我喽！"骑士蝶默契地拍拍胸脯，与我一唱一和。

"不对啊，既然是那么热闹的一座古城，为什么会消失了，只剩下这些废墟呢？"我有些不解，故事也编不下去了。

骑士蝶说："或许是因为战争，或许是因为天灾人祸，或许是被风沙一夜间埋葬，就像长鼻子爷爷住的海市蜃楼村那样……"

他的话，令我不由得想起了长鼻子爷爷一家，尽管刚分开不久，思念却已伴随着我们踏上了旅途。

黄昏，我和骑士蝶在霞光中徐徐降落，他的翅膀又开始不停地闪耀变换，就像变魔术一样。如此华丽的翅膀，再配上浑圆的落日，真是难得的沙漠奇观。大自然的鬼斧神工，神奇造化，令人激动得想跪下来，深深地膜拜。

时时刻刻对造物主感恩，是我们跟长鼻子爷爷一家学来的幸福秘籍。

脚触到地面时，我感觉每一粒沙都像在锅里炒过那样滚烫。随着月亮的升起，四周却很快变成了令人颤抖的寒冷，沙漠昼夜温差实在太大了！

　　夜越来越深，也越来越冷。我和骑士蝶相依相偎着取暖，翅膀还是冷得索索抖个不停。在沙漠的月光下，我深深体验到了那种相依为命的感觉——那种整个世界只剩下两只蝴蝶的孤独。如果你没有到过沙漠，没有在沙漠的夜晚眺望过远方，就不会真正明白寒冷和孤独的含义。

　　"你听到了吗？追梦蝶，你听，沙漠的心跳声！"大概为了分散我的注意力，骑士蝶一边打着哆嗦，一边说。

　　"是的，我听到了！只要我们在大地母亲的怀里，就无所畏惧！"我都抖得上嘴唇找不到下嘴唇了，还与骑士蝶相互勉励着。

　　那些连绵起伏的沙丘，像人类母亲柔软的怀抱，充满了谜一样的魅惑。这时，胸前的那尊玉观音突然亮了，不是那种刺目的亮，而是小火炉般的亮，它越变越暖和，逐渐将我们的翅膀暖了过来，就像躺在了母亲怀里一样，温暖、踏实。我和骑士蝶相偎着慢慢睡着了。

　　越往沙漠深处飞，我们的空中旅程就越艰难了。

　　在沙漠边缘，尚且有零星的草和植物：除了猴面包树和一种既是叶子也是花的四角形植物，还有芦荟、剑麻等，依靠它们储存的水分，我们得以维持身体所需要

的营养，补充消耗的能量，但越往里飞，就几乎寸草不生了，除了砂砾还是砂砾。那亘古不变的单调和死寂，令人心生绝望。

我暗暗地想：就这样倒毙在沙漠里，一定没人知道。

我们开始一滴滴饮用那瓶花生米大小的水，那是长鼻子爷爷和奶奶给我们准备的救命水。此刻，我才真正明白了水的珍贵。没有水，就等于死亡。我不由得再次为自己曾经玷污了水源而忏悔。

我们口干舌燥，翅膀像两片被点燃了的树叶；头顶，阳光像一道道金箭刺着；下面，每一粒沙就是一粒火。这时候，我不由暗暗怀疑：自己是否有些自不量力了？我甚至有些后悔：好容易摆脱了奴隶的命运，拥有了自由的天空，又何必跟自己过不去，何必非要去寻找蝴蝶王国呢，难道花之谷和阿黑弟那样的世外桃源，不是蝴蝶们向往的家园吗，不也可以成为姐妹们的寄身之地吗？

尽管我一时有些犹豫，甚至绝望，但我不敢对骑士蝶说出。我知道在任何时候，开弓就没有回头箭，只有不停地往前飞，才是唯一的真理。

也许骑士蝶也是这样想的，只是他也没有说出来而已，我们心有灵犀却心照不宣。

这天，一个小小的奇迹激励了我们，重新唤起了我们的勇气。

那是沙海里的一只小蜥蜴，它在滚烫的沙地上溜溜地行走，摇头摆尾，神态自若。它的颜色，几乎和沙漠融为一体，如果不仔细看，根本无法分辨。骑士蝶说，那是它的保护色，每个小生灵看似弱小，却都有自己的生存之道。

我问："它是怎么活下来的，它要去向哪里？"

骑士蝶说："那恐怕只有它自己能回答。一只小小的蜥蜴，都能顽强地在沙漠里存活，为什么我们不能呢？"

听了这话，我恨不得将脸插进翅膀里去。

再往前飞，本以为生命的奇迹已经不可能再出现，谁知，一株株奇异的沙漠植物却突兀地出现在面前：它们有一尺多高，无枝无叶，却从上到下密密匝匝开满了白色的小花，没有浪费一个缝隙；它们三五个一丛，开成一座座花塔的形状，在沙海中遗世独立，惊心动魄！

在这生命看似无法存活的地方，它们却再次向我们呈现了奇迹！

骑士蝶告诉我，这惊世骇俗的植物叫大芸，也叫肉苁蓉，在中国人那里，是一种珍贵的中药，能治疗很多

疾病。它在没有一滴水的恶劣环境中，不但能开出惊艳的花儿来，还能治病救人，执着挺立。

一见到这种倔强的植物，我就忍不住热泪盈眶！我围着它飞，抚摸着它小小的花瓣，犹如找到了知音。骑士蝶也显得很激动，他说："为什么我们不能创造这样的奇迹，难道，我们还不如一株植物吗？"

我一字一顿地说："你说得对，我们不但要飞出沙漠，还要征服沙漠，我们不会白飞这一趟的。"

"是的，飞不出沙漠，我们就不能算是真正长大。你就不是追梦蝶，我也不是骑士蝶！"

但是，我们实在太累了，那瓶花生米大小的水也已经一滴滴饮用完，为了减轻重量，我们将空瓶从空中抛了下去。这时，我想起了阿黑弟送我的那枚果核，它也随着猫头鹰坠落到了深深的山谷。

我的眼神开始恍惚，眼前慢慢闪现出一片鸟语花香的草原，每一朵花都噙着一滴晶莹欲滴的露珠，一条小河在花丛中蜿蜒流淌，清冽的河水倒映着蓝天白云……

我奋不顾身地向那片草原扑过去。我太渴了，我想扑到河里畅饮，如果不能，哪怕吮吸一滴露珠也好。

"梦蝶，回来！不要为幻觉诱惑！"骑士蝶在后面呼喊着，一把拽住了我。见我已经神情恍惚，他只好将我托到他的背上，背着我飞。我的翅膀再也无力扇动了，我感到骑士蝶在往下飞，也许，他也飞不动了，想落下来休息。渐渐地，我感觉自己融化在了强烈的白光里……

我看见那白花花的沙粒了，还有一朵硕大的红花怒放着，没有绿叶也没有梗子，比那种挺立的大芸还要惊心动魄，天知道它是怎么绽放得那么恣肆的！

我喊了一声："太好了，终于有一朵花，可以让我休息了！"就昏了过去。

醒来的时候，那朵硕大的花不见了，我也不是睡在温润凉爽的花蕊里，而是在烧锅一样的沙子上。骑士蝶呢？他面朝下趴在那里，一动不动。我挣扎着爬到他身边，看见他还有呼吸，但是他的翅膀已经快烤干了，他的脸更是憔悴得不成样子。

原来，他也已经累到了极限，却一直在负重前行。他只有在昏迷中，才能好好歇一下。我愧疚极了，如果不是为了我，他此刻也许正在天堂般的花之谷，享受着群蝶的追捧和天赐的美味呢。

怎么办呢，如果再没有水和食物，我们将必死无疑了。可是，去哪里寻找救命水源呢？我只挣扎着飞了两下，就又一头栽了下来。

眼前，除了沙子，还是沙子，没有尽头。我仿佛看见了在幽林深处遇见的那丛幽灵之花，它幻化成一个

女孩的脸，忧伤地望着我，却苍白如雪，毫无生命的气息。

我将我的小翅膀覆盖在骑士蝶的大翅膀上，这样，起码可以为他抵挡一下阳光的炙烤。我喃喃地说："上帝啊，对蝴蝶来说，还有什么比翅膀更重要的呢？如果你想要我们死，就让我们死在一起吧，让我们翅膀挽着翅膀，就像仍然在飞翔一样。我们已经失去了天空，不能再失去大地……"

这时候，我突然听见了时隐时现的驼铃声，我以为又是幻觉，忙打起精神侧耳凝听。没错，是驼铃声，它从远处叮叮当当传过来，越来越近！刹那间令我热泪盈眶，天哪，我从未听过如此沁人心脾的音乐……

3. 救命驼队与疯狂蝶群

一群旅人骑着骆驼出现在视野中，他们穿着简单的服装，看上去疲惫不堪，可是双眸中透出坚定的信念，这真是一群与众不同的人啊。

我摇摇晃晃地飞到一个年轻旅人面前，他竟然也戴着宽沿的西部牛仔帽，跟骑士蝶的那顶一模一样。他的五官也像雕塑一样英俊，眼睛亮得仿佛用阳光就可以点燃。我在他面前不停地扑闪着翅膀，声音微弱地祈求他救救我们，赏赐一点续命的食物。

看见我，他的双眸蓦地又亮了数倍，他轻声叹息着："多美丽的玫瑰水晶眼蝶啊，你妈妈一定是贿赂了上帝，才把你生得这么美！在沙漠深处，能遇见这样孤单单的一只小可爱，真是奇迹！"

英俊旅人迅速跳下骆驼，从袋子里掏出一瓶水，托

在手心里让我饮用。我只看了一眼那诱人的水，就调转翅膀向骑士蝶飞去。

英俊旅人立刻就明白了怎么回事，他抓着那瓶水飞奔过来，用身躯为骑士蝶遮挡住阳光，然后把水倒在瓶盖里，用手指沾着撒在他身上、脸上。

骑士蝶醒来了，他和英俊旅人对视着，眼神有些迷茫。是的，他俩不仅帽子一样，连五官都如出一辙，只不过一个是浓缩版，一个是放大版。

英俊旅人将那瓶盖水托到骑士蝶嘴边，我和他一起，一口气将水全喝光了！

接下来，我们就幸运地与驼队结伴同行了。我俩颠簸在这些骑士们的帽檐上，或者摇晃的骆驼背上，得以暂时歇息，心中充满了从未有过的满足和安全感。

夜里，我们就在篝火边，听骑士们抱着吉他弹唱起激情洋溢的歌谣：

"太阳下去明早依旧爬上来，

花儿谢了明天还是一样的开。

美丽小鸟一去无影踪，

我的青春小鸟一样不回来。

别的那呀哟，别的那呀哟，

我的青春小鸟一样不回来……"

原来，这支救命的驼队不是商队，而是一支考察队，他们也不是追名逐利的商人，而是一群生物学家。他们对我和骑士蝶的旅程很感兴趣，赞美我们两只小小的蝴蝶，却蕴藏着超出常规的生命力、顽强的意志和百折不挠的毅力。他们说如果我们是人类，也一定是了不起的英雄豪杰，能做成任何想做的事。

原来，他们正在研究飞越沙漠的群徙蝴蝶，没想到却遇到了我们这两只组队飞的蝴蝶，对他们来说，这几乎是不可想象的奇迹。他们很庆幸遇到了我们，拓宽了研究的课题；而我们也很庆幸遇到了他们，不但拯救了我们的生命，还使我们飞出沙漠的梦想变得指日可待。

英俊旅人热力四射，那顶骑士帽，更为他增添了一种洒脱不羁的流浪气质。他身上好像蕴藏着一座火山的能量，随时都在向外喷发，每个人都会被他的热情浪漫所感染。如果骑士蝶是个人的话，一定就是他的样子。

我想起慈母蝶说过的一句话：愿生缘。意思是说，有美好的愿望就会生出美丽的缘分。我和骑士蝶都很喜欢这个救命恩人，但是我们不愿他作为一个科学家来研究我们，我们喜欢做他的朋友，喜欢他称我们为"两只小可爱"。

谁也没想到的是，我们又和考察队一起见证了一个奇迹，关于蝴蝶的更大奇迹——

这天，晴空丽日下，那个奇迹突然出现了：犹如五彩缤纷的树叶，一大群蝴蝶纷纷从远处飘来，他们不再是平日舞姿翩翩的样子，而是一只只面朝前方，奋不顾身。看那心无旁骛、六亲不认的飞翔姿势，只能用霸气来形容。

我和骑士蝶目瞪口呆，考察队的人也惊呆了，半天才如梦方醒般从驼背上滚下来，架起摄像机拍摄，英俊旅人跑得帽子都飞掉了！

一下子冒出这么多同类，我和骑士蝶激动不已，忙从驼背上飞起，加入他们的队伍。立刻，我们就像一滴水投入了海洋，一粒沙沉入了沙漠，完全找不到自己了。

领队的那只雄蝶说，集体行动就是这样，它见证的是集体的力量，而不是自我的彰显。说这话时，他的眼睛依旧直盯着前方，根本不看我们，表情严肃得像个机器人。我从未见过如此气势逼人的蝴蝶。

骑士蝶问他们这支大部队要去哪儿？

领队蝶干净利落地回答："欧洲！"

他们竟然要跨洋越洲？我被他们的疯狂计划惊呆了。

原来，这是一群小红蛱蝶，他们每年都在欧洲与非洲之间来回迁徙，其间两度飞越沙漠，总里程长达一万多公里。小红蛱蝶是一种世界多地常见的蝴蝶，貌不惊人，但就是这看似平凡的蝴蝶，却不但没有碌碌无为，还创造了惊天动地的壮举。

对我们来说，飞到蝴蝶王国已经像梦境般遥不可及了，没想到，还有蝴蝶比我们的目标更远，比我们的计划更疯狂！

领队蝶听说我们正寻找蝴蝶王国，依旧面无表情，但口气却是由衷地赞赏："你们的距离可能比我们近，但是需要经历的危险比我们多。而且，我们有明确的迁徙路线，是集体行动，依靠的是集体的力量；而你们，却是在未知中前行，单打独斗。狮子总是孤独的。你们不仅是追梦者，还是探险者。所以，你们比我们更伟大！"

说着，他挥动着翅膀向我们告别。千万只蝴蝶跟着他，像机器人似的一起"唰唰"挥舞着翅膀，你能想象这场面有多震撼吗？

就这样，我和骑士蝶投入集体的海洋飞了一程，却又不得不与他们分道扬镳了。这群蝴蝶的壮举，更激发了我们的勇气和信心。

我们也不得不和考察队告别了。英俊旅人说，他们一旦发现蝶群迁徙现象，就会根据风向、蝶群的数量和飞行目标等数据，不停地跟踪观察。他们研究小红蛱蝶已经很久了，发现他们在到达目的地后却下落不明，所

以，他们要继续了解蝶群穿越沙漠后的命运。

当然，他们也关心我和骑士蝶后续的旅程。

英俊旅人将我和骑士蝶各托在一只手上，激情洋溢地说："一只小小的蝴蝶到底能飞多远？这也许是人类永远无法预估的谜题。就像在一个人身上，究竟潜藏着多少能量？你不去激发它，也许永远无法知道！"

他温柔地对我说："小可爱，不要为自己的渺小自卑，每一个生命身上潜藏的能量一旦爆发，都会让整个世界为之颤抖，蝴蝶也一样！"

骑士蝶鼓掌说："这是世上最激动人心的告别词了！"

英俊旅人朝他挤了挤眼睛："小勇士，我一定说出了你的心声吧！因为，你就是我的童年，我就是长大后的你，我们俩拥有同一个高贵的灵魂！"

骑士蝶在他手心里"啪"地敬了一个礼，就像花之谷的卫士们朝他敬礼那样。英俊旅人也"啪"地还了一个礼。他俩面对着，就像显微镜面对着放大镜。

英俊旅人又绽开了他那阳光灿烂的笑容。他将瓶盖倒满芒果汁，让我俩在他手心里饱餐了一顿，蓄足了能量，然后吻了吻我俩的翅膀，大声喊着："飞吧，我勇敢的小可爱们，在追逐梦想的路上，我们一定还会重逢的！"

4. 旋风怪兽

越往前飞，我和骑士蝶就越紧张起来。因为我们都明白接下来的噩梦不可避免——那片传说中的胡杨林，已经越来越近了！我们，要么认命，要么拼命！

在离开考察队之前，英俊旅人就掏出随身携带的指南针和地图，告诫我们说，那个传说中的旋风阵已近在眼前，一旦经过它的上空，就要不停地飞，飞，飞，务必在日落之前越过它，否则，就会被凶猛的沙漠旋风吞没。

本来，我还心存侥幸，认为关于旋风阵的传说也许只是个传说，但听了英俊旅人的话，我明白了它是真实的，并且比想象得更加恐怖。

他说，小可爱，你们见过大漠胡杨吗？一棵棵死去的胡杨卧倒在沙海中，以各种痉挛、扭曲的姿势，凝固

在风中，或昂头问天，或俯首大地，犹如一群植物的雕像，悲壮、惨烈，惊心动魄。传说胡杨三千年不死，三千年不倒，三千年不腐……即使倒下，也还有灵魂。

他说，小可爱，你们见过沙漠旋风吗？传说，旋风阵就潜藏于胡杨林的根部，所有在此路过的生命，都将被卷进一个深不见底的黑洞里去，从这个世界上彻底消失。这片潜藏着旋风的胡杨林，就类似于人类常说的百慕大三角。无论对谁来说，它的存在都是一场噩梦。我的小勇士们，不要怕，勇敢去搏斗吧，祝你们好运！

英俊旅人的话不停敲击着我的耳鼓，以往那个勇敢无畏的我又出现了！我挽住骑士蝶的翅膀，破釜沉舟地说："既然无法逃避，那就勇敢面对吧！"

"加油！这是最后的战斗了，闯过了旋风阵，就胜利在望了。"骑士蝶说。

像传说中的那样，当我们闯进那片悲壮苍凉的胡杨林时，旋风真的出现了！它像是一头张牙舞爪的怪兽，从胡杨树的根部呼啸怪叫着飞起，一个旋儿一个旋儿疯狂地翻着跟斗，如一个无家可归的魂灵，转瞬间便卷起数十米高的圆柱体。

所有被卷入的东西，都被怪兽活生生地扼杀在里面，从那狂舞旋转之中，传出一阵阵的啼饥号寒之声，令人毛骨悚然！

苍茫茫的沙漠，阳光下优美得如诗如画的沙漠，此刻却是如此的妖魅，甚至有种说不出的诡异。怪兽伸出无数烟尘漫卷的爪子，不停地抓挠着，所到之处，没有什么能逃脱它们的魔掌；风中还伸出无数的大嘴长舌，将人不停地往里吸去。

飞在旋风中，无论多么有重量的东西都身不由己，何况轻飘飘的我们。有几次，我和骑士蝶马上就要被吸进去了，连时间也仿佛在那一刻凝固了。可是，我们不屈服，我们一起高喊着：飞，飞，飞！

沙尘遮天蔽日，我和骑士蝶已经完全看不见对方。旋风怪兽的嚎叫声撕心裂肺，无论多么强大的生命，面对着它也不过是一片落叶，更不用说两只蝴蝶了。如果没有定力，我们一定灰飞烟灭了！

可惜，我们最终还是被旋风怪兽的舌头卷进去了，世界立刻一片混沌，我甚至弄不清自己是否还活着，是否已经成为了旋风的一部分。我呼喊着骑士蝶的名字，可是，声音在怪兽的啸叫声中一出口就消失了，连我自己都听不见。

我一遍遍警告自己：不能放弃，不能放弃，不能放弃！我上下舞动着寻找着缝隙，误入旋风的中心，却意外地发现这里竟然风平浪静。我喘一口气，歇息了一会儿，终于找到怪兽的嘴，从里面冲了出来，与刚从另一

只嘴里冲出的骑士蝶相遇了！

我们的翅膀终于又挽到了一起！任凭怪兽在后面狂啸追赶，绝不回头，我们并肩作战，一路狂奔，终于逃脱了旋风怪兽的追赶，再次创造了奇迹！

"我们冲出来了，我们胜利了！"我和骑士蝶扑扇着翅膀，大声欢呼着。

回望着那片尘土飞扬的胡杨林，不禁心有余悸，百感交集。暴怒的旋风怪兽还在胡杨间左冲右突地撕咬着，却已经是强弩之末。失去了追赶的目标，它的疯狂已经毫无意义，成了自我宣泄。

旋风怪兽又上蹿下跳地折腾了半天，终于渐渐平息了，消失了。

沙漠又恢复了亘古的寂静，浑圆的落日"咚"地落到地平线上，笑意盈盈地映照着沙海，如同照耀着波浪平息后的海洋。每一粒沙都在霞光中闪闪发光。我很庆幸，因为心中的信念，锲而不舍的坚持，我们终于战胜了看似不可一世的沙漠！看来，有时候失败，不是因为没有努力过，而是在即将成功时，却选择了放弃。

胸前的玉观音，突然亮了一下。接着，我听到半空中传来了慈母蝶的声音："梦蝶，我的孩子，我没看错你。你终于闯过了最后的魔障，你没有辜负我的期望！还有你，这位勇敢的小骑士，谢谢你的无私护送。你们都是我最心爱的孩子！"

我和骑士蝶忙双手合十，朝着声音的方向。我大声喊着："慈母蝶，您放心，我已经找到了老绿虫前辈的消息，我将很快找到他，找到梦想中的蝴蝶王国！"

"孩子，我太高兴了！我等着你的好消息，等着你的好消息……"慈母蝶欣慰的声音，渐渐消失在空中。

我和骑士蝶不禁相拥着喜极而泣，即将离别的悲伤，也渐渐涌上心头。接下来，该是我们的分别仪式了吧？这一次，已经没有任何理由再结伴同行了。

"不"，骑士蝶说，"我还要陪你看完此刻的落日，看完今天晚上的月亮。第二天早晨，当霞光升起的时候，我们再正式地告别吧。"

我们就这样慢慢低飞着，看着夕阳渐渐沉落，吟诵着慈母蝶教给我的那首唐诗"大漠孤烟直，长河落日圆。"中国古人诗中的意境，与此时此刻多么吻合啊！

傍晚时分，我们飞到了沙漠边缘，但不想立即飞出去，我们要在沙漠度过最后的夜晚，再一起看看沙漠的月亮。

月亮也仿佛知道我们要告别，这晚便格外大，格外亮，它像一面铜镜，镜子里不仅有无际的黄沙，还有两只色彩斑斓的蝴蝶。他们相依相偎着，一起回想着那些离奇而又美妙的历险。

蝴蝶王国

　　我不知自己是什么时候睡去的，梦中一直在为明天的告别悲伤，为骑士蝶如何孤身穿越沙漠回到花之谷忧虑。再小的生灵，也是有复杂情感的，谁能明白一只小蝴蝶的喜怒哀乐，悲欢离合呢？

5. 蝶国幻象

第二天早上的霞光，终于照在翅膀上了。是的，是霞光，不是月光。千里送君，终有一别。我不由得吟起慈母蝶教的那两句唐诗："劝君更尽一杯酒，西出阳关无故人。"

霞光中，骑士蝶让我闭上眼睛。等我睁开眼睛时，手腕上多了一只精雕细琢的果核。没错，是长鼻子爷爷家那只椰枣的果核，上面刻着两只飞翔的蝴蝶，一片广袤的沙漠，一轮燃烧的太阳和一轮澄澈的月亮，它们围绕着沙漠，不停地在追逐、轮转，像一场美丽的梦境。

原来，骑士蝶一夜没睡，用英俊旅人送他的一枚别针，在果核上面反复雕刻，终于雕刻出这意味深长的图案。他有些不好意思地说："抱歉啊梦蝶，没有阿黑弟雕刻得好看，但这是我平生第一件作品。"

　　我没想到他真的雕刻出来了，我本来只是想难为他一下，但他竟认真地兑现了承诺，我激动地说："对于我来说，这已经是最好的礼物了。谢谢你，骑士蝶。"

　　"抱歉，我只能送你到这里了，梦蝶。"

　　我怎么能不明白呢！人世间所有的护送，都有尽头，即使父母，也不能陪伴一辈子。我由衷地说："你已经仁至义尽了，骑士蝶。如果没有你，我可能根本就飞不出这片沙漠！"

　　"我还能再见到你吗，梦蝶？"

　　"我当然非常希望能再见到你，可是能不能重逢，只能看缘分了，骑士蝶。"

　　"你为什么不能给我一个准确的答案呢？"骑士蝶看上去有些失望。

　　"这是最诚实的回答啊，骑士蝶！因为世上的很多事情，不是我们自己能够主宰的。尤其是对两只飞来飞去的蝴蝶来说，一刹那的恍惚，就可能在空中永远地错过。"我的眼泪几乎要流下来了。

　　"其实我也明白，梦蝶。"骑士蝶眺望着远方，显得有些伤感，"我必须回到故乡，因为它需要我的捍卫，但我的心灵会一直陪伴你追逐梦想。我说过，护送你不是因为我无私，而是因为在我心里，也有一个蝴蝶王国！"

"请放心吧，骑士蝶。我们已经穿越了沙漠，不管以后有多少惊涛骇浪，我都不会再畏惧。我的翅膀已经足够坚强，它能够迎接所有的风雨！"

"我相信！"骑士蝶说，"让我们击掌为誓吧，只要活着，我们就要不停地征服天空，创造奇迹！"

"好！只要活着，就要不停地征服天空，创造奇迹！"

随着击掌声，令人惊诧的一幕出现了：一座古代城市在雾气萦绕中时隐时现，城楼上，伫立着身披铠甲的勇武将士，手擎的冷兵器在阳光下熠熠闪光。城楼下，是波涛翻滚的大海，一排排海浪，像一条条白龙游过来，飞溅的水珠直溅到我和骑士蝶的翅膀上……

骑士蝶激动地大喊起来："海市蜃楼，海市蜃楼……"

"天哪，这一定是沙漠的馈赠，因为我们征服了它，它才肯向我们呈现这绝美的幻境！"我像个孩子似的欢呼着，又喊又跳。

这时，更震撼人心的景象出现了：只见一道七色彩虹从骑士蝶的翅翼上飞起，飞向天际，接着，千万只彩蝶如仙子般从四面八方翩翩飞来，围绕着彩虹载歌载舞：

"纵使两只蝴蝶在花丛中相遇，

也要相互碰一碰触角；

纵使两只雄鹰在天空告别，

也要拍拍翅膀留下首离歌……"

歌声中，又有两队蝴蝶从彩虹两端飞来，边飞边撒着花瓣。接着，蝶群簇拥着两位"神仙"飞出来。他们，一位是一只黑绿相间的大蝴蝶，白发白胡子随风飘逸；另一位是红纱飘飘的美少女，她的红纱翅膀一展动，就有无数只彩蝶随着起起落落，美不胜收。

他们仿佛远在天边，却又似乎近在眼前，每一个表情都栩栩如生清晰可辨。

"老绿虫，红纱女，蝴蝶王国！"我不由得热泪盈眶，忘情地惊呼起来，只见红纱女莞尔一笑，她朝我挤了挤眼睛，眨眼就消失不见了。那道彩虹也逐渐淡去，所有的蝴蝶也如落叶般纷纷飘散，转瞬间，便只剩下霞光万道的天空，还有几缕余音在袅袅飘荡……

我和骑士蝶呆立着，半天才回过神来。我们都相信，刚才出现的景象，就是我们一直在寻找的蝶之国，它真实不虚，并且已近在眼前。我们不虚此行，心中无限欣慰。正当我们像歌中唱的那样，准备拍拍翅膀告别的时候，意想不到的事情再次发生了！

如果你经常看天气预报，就会看到×月×日那场著名的飓风，它裹挟着荡涤一切的力量，横扫大地，比胡杨林中的旋风怪兽更强悍千万倍，凡是被它的翅膀狂扫的生灵，无一幸免地被卷到了天涯海角。

　　我和骑士蝶，还没等将最后的话说完，就这样就被席卷着，从此天各一方，杳无音讯了……

晨曦透过玻璃窗，投射到飘窗的各种花朵上。它们和我一起，聆听了追梦蝶惊心动魄而又妙趣横生的奇遇。

追梦蝶讲完后，就在兰花蕊中沉沉睡去了。脖子上的玉观音慈爱安详，手中骑士蝶雕刻的果核上，太阳和月亮同时散发着光芒。经历了那么漫长的跋涉和飓风的袭击，她怎么能不累呢？纯洁的兰花瓣在晨风中爱抚着她的小脸，就像慈母蝶温柔的灵魂。

我轻轻地说："好好睡吧，小可爱，你也算是回到故乡了！"

小时工来打扫卫生，我示意她要轻手轻脚，免得将这只小蝴蝶惊醒。作为人类，我不能为她做点什么，但起码可以给她一次安静舒适的睡眠。所有敢于追梦的灵

魂都值得尊重，哪怕她只是一只飞虫。

过了不多会儿，小蝴蝶还是醒来了，她在兰花瓣上颤动着翅膀，伸伸懒腰说："多美的一觉啊。小姐，我梦见飞到了蝴蝶王国，见到了老绿虫和红纱女，跟在海市蜃楼中见到的一模一样。"

我推开窗，深深地呼吸了一口："看，多好的天气啊！小可爱，谢谢你给我带来了灵感和素材，让我更深地理解了自由、梦想、勇敢和爱这些词的含义。对我来说，你的故事千金难买！"

"是我应该谢谢您呀，善良的小姐。谢谢您款待我，倾听我的故事，还送给我一个如此美妙的早晨。"睡醒后的小蝴蝶，活泼俏皮，顾盼生辉。

我为她榨了一小杯橘子汁。她伏在杯沿上，小心翼翼地喝完，然后飞过来，用小爪子抚摸着我的脸，轻轻地说："我要飞走了，小姐，去寻找我的梦想，我的蝴蝶王国去了！"

我伸出手，让她落在我的手心里，我们凝望着对方的眼睛，心有灵犀，恋恋难舍。

在她的那双大眼睛里，我看到了自己——一个因为常年宅在家里写作而面色苍白的女作家，敏感、脆弱、孤僻，因为惧怕复杂的世界而封闭了心灵，作茧自缚，只把有限的部分向人打开……

　　但是，此刻，这只百折不挠的追梦蝶，却让我有种豁然开朗的感觉和破茧成蝶的冲动。

　　我认真地对她说："小可爱，我要改变自己，打开自己，我要试着像你那样，将自己投入到更辽阔的世界、更博大的爱之中去。"

　　"真的吗？"她扑闪着大眼睛，天真地问。她的眼睛比嘴巴还大，显得又俏又萌。

　　"真的，我也要争取像你那样，做一只勇敢执着的追梦蝶！"

　　"哇，那太好了！"她说，"让我们现在就飞向更辽阔的世界、更博大的爱之中去吧，我已经急不可待了！"

　　说着，她就朝我摆摆手，抖抖翅膀，英姿飒爽地朝着窗外飞去，同昨晚那只疲惫的小蝴蝶相比，简直判若两蝶。

　　我扑到窗前，只见天地间亮如水晶，全无一丝雾霾，我从没见过如此清亮透澈的天空。那只追梦的小蝴蝶展翅在蓝天白云下，虽然小得像个标点符号，却让我感到，它像雄鹰一样矫健而强大。

　　我冲着那片越来越小的玫瑰色喊着："小可爱，一路平安！若是见了红纱女和老绿虫，别忘了代我问声好，告诉他们，他们将出现在我的下一本书里！"

"放心吧，我一定转达！再见了，恩人啊！"

她用露珠一样清冽的声音喊着，眨眼便飞得无影无踪了……